"十四五"
国家重点图书
出版规划项目

国家出版基金项目
NATIONAL PUBLICATION FOUNDATION

看天下宁儿幸福生活

张春燕 ———— 著

中国青年出版社

人民英雄 国家记忆文库

指导单位

共青团中央

发起单位

国防大学军事文化学院

中国青年出版总社有限公司

学术支持单位

中国作家协会军事文学委员会

中国当代文学研究会军事文学委员会

总策划

张启超　董　斌　皮　钧　陈章乐

策　划

侯健飞　李师东

主　编

李师东　侯健飞

统　筹

侯群雄

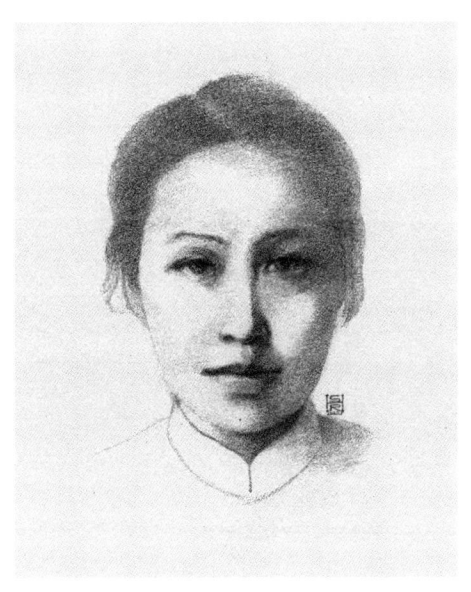

赵一曼（1905年—1936年）

总 序

◆徐怀中

我们这一代人成长在战争年代,那时山河破碎,民不聊生,是党在抗日根据地设立了免费高小,我才有机会去上学,后来考上边区政府开办的太行第二中学,算是有了点文化。毕业后,是党带领我走上革命道路,我跟随刘邓大军挺进大别山,开始了军旅生涯,后来长期从事写作、文化工作,再也没有离开过部队。

回首往事,许多的人和事历历在目。中国共产党的奋斗路、奋进路来之不易,中华民族的独立自由解放来之不易,新中国的成立、建设、发展来之不易,改革开放以来取得的成就来之不易,今天的幸福生活来之不易,无数的仁人志士、先贤先烈、英雄楷模为之奋斗、奉献,甚至牺牲,他们永远值得我们去纪念、缅怀、学习。

2019年底,国防大学军事文化学院、中国青年出版总社联合发起大型图书创作出版工程"人民英雄——国家记忆文库",致敬先烈,献礼党的百年华诞,我得知后感到很欣慰。是的,我们走得再远、走到再光辉的未来,也不能忘记走过的过去,不能忘记为什么出发。

今年恰逢中国共产党成立100周年，习近平同志在党史学习教育动员大会上强调，要教育引导全党大力发扬红色传统、传承红色基因，赓续共产党人精神血脉，始终保持革命者的大无畏奋斗精神，鼓起迈进新征程、奋进新时代的精气神。"人民英雄——国家记忆文库"的创作出版正当其时，为培养新时代合格社会主义建设者和接班人培根铸魂，为担当复兴大任的青年一代筑牢信仰之基，补足精神之钙。

讲好英雄故事，弘扬英雄精神，重点在"讲"，难点在"讲好"，关键是"弘扬"。大规模组织作家书写英雄、讴歌英雄，这是在新的时代背景下的一次有益的探索，也是文化工作者的优良传统。参与此次创作的有不少是军内外知名作家，他们怀着对革命英烈的一份最真挚的感情，克服新冠肺炎疫情带来的困难，不辞辛劳，深入革命纪念馆、烈士陵园采访调查，多方搜集素材，反复打磨，精心创作。经过各方面的努力，文库第一辑将陆续出版。第一辑有我党早期领袖李大钊、瞿秋白等，有革命战争年代的著名英烈方志敏、杨靖宇、赵一曼、张思德等，有青年英雄刘胡兰、雷锋等，还有新时期的英模焦裕禄、谷文昌等，毫无疑问，他们都是中国共产党最优秀的党员，是中华民族最优秀的儿女。他们永远值得大书特书！

作为一个年过九旬的老党员、老战士、老作家，我对英烈们的事迹都很熟悉，但阅读了作品后，依然心潮澎湃，感动不已。这些作品思想性、文学性、故事性、可读性强，既写出了英烈的光辉故事，也写出了英烈精神的传承故事，独具匠心；同时，很多作品充分利用纪念设施和相关文物，在物中见人见事见精神，在人、事、精神中见物，相得益彰，历史感、现场感强，让英雄人物和他们的精神品格在文学叙述中活了起来。

在中国共产党百年华诞的光辉历史时刻，国防大学军事文化学院组织创作了这套文库，用文学的方式回溯党史、军史，十分可贵，这是对我们伟大的党的最好礼赞，是为中国革命史做出的巨大贡献。中国青年出版社是红色出版的主阵地，《红旗飘飘》《红岩》《红日》《红旗谱》《创业史》等早已载入新中国文学史、出版史，影响了一代又一代人。我青年时期创作的长篇小说《我们播种爱情》最初就是由他们出版的。这一次军地联合行动，成果丰硕。我相信，随着第一辑的创作、出版，后续第二辑、第三辑的创作、出版会更有经验和信心，更多先烈的英雄事迹将栩栩如生地呈现在读者面前。

英雄永生的地方，就是我们的来处，就是我们的历史，就是我们的文化，就是我们的根，也是我们这个党、这个国家、这个民族自信的源泉。为英雄立传，为民族立心，为社会铸魂，功在千秋，善莫大焉。在此，对"人民英雄——国家记忆文库"的创作、出版致以敬意和祝贺。

是为序。

2021 年 6 月 18 日

目录 Contents

第一章　只想看见你 001
　　第一次听到"亲生"两个字,是如此的轻飘,轻飘在风中的还有一个陌生的名字,与牺牲联在一起,像钉子一样扎进少年的心。

第二章　今生不告别 014
　　她希望看到活生生的妹妹,依然朝气蓬勃,依然美丽如初。不管妹妹在哪里,一定要找到她,一定要接她回家。

第三章　我是你的红儿 042
　　奶奶赵一曼是陈红今生今世的骄傲。她内心深处仰慕的奶奶,充盈着伟大的深情,选择以实行来教育自己的儿子。

第四章　阳光女神 080
　　一群中学生来参观,问她:赵一曼知道新中国是什么样子吗?

第五章　冰城,春风吹又生 139
　　他用脚步一寸一寸,仔细地走过一曼街,仿佛母亲就在身边,与他同行。

第六章　珠河之殇 166
　　一曼村,温暖而满怀深情的村名,伫立在岁月的尽头,拥抱春暖和花开,村庄的一草一木都与烈士血脉相连。

第七章　1936·热血倾国 199
　　8月2日,是她生命中极其重要的日子,更是她心中继往开来的一天。

第一章 只想看见你

　　青年闭上眼睛，此时的阳光和他一样沉默，但温暖光明，心中都藏着一个梦想。然而，不是所有的梦想都有阳光编织的金色翅膀，只有青年知道自己心中的梦想，或许遥不可及，或许近在咫尺。

　　1950年的北京，新中国的首都，青春而蓬勃。当家作主的人民向往着幸福的生活，清新的空气笑逐颜开，轻抚每一张盈盈笑脸。

　　迎来春天的中国人民大学，也迎来新中国成立后的首批大学生。就读于外交系的青年陈掖贤，唱着"没有共产党就没有新中国"，被姑姑陈琮英从湖南接到北京，因为牺牲的母亲李一超，他以烈士后代的身份被组织保送入学。

　　新中国成立初期的大学生队伍，有些特殊。学生中大多是参加革命的老同志，年龄最大的近50岁，他们曾踏着硝烟浴血奋战，都有令人骄傲的革命战斗史。

　　21岁的青年陈掖贤，面对他革命经历丰富的同学，内心的压力与自卑无处安放。特殊的生活经历，磨砺了他既聪慧、正直、又敏感、孤傲的性格。充满感性情怀和理性思考的陈掖贤相信，自己和同学憧憬着同样的梦想：新中国的建设，需要知识和一颗火热的心。

所有的动力都来自内心的沸腾。陈掖贤的大学时光，给了刻苦学习，给了博览群书，给了精研致思。除此之外，热爱诗词歌赋的他，依然坚持练笔写作，诗情似乎与生俱来。

成长于乱世的早熟少年陈掖贤，11岁写下五言绝句《月蚀》：团圆一轮月，些时缺半边，转眼蛾眉样，看看又团圆。

情有独钟月满之夜的陈掖贤，是在聆听天空的窃窃私语吗？他的诗作总在这个意象中徘徊。

《调笑令·月蚀》：劈啪，劈啪，四野锣声不绝，"天狗"毕竟无能，依旧还我月明。明月，明月，万里晴空莹澈。

诗言心志，这两首写于重庆的诗词，表达了少年陈掖贤，在现实与梦想的寻觅中，有多少难解的心愁。

大学的生活诗意而有序。但是不久，陈掖贤平静的生活，就被一部电影打乱了心绪。

那是一部轰动中国，也轰动了人民大学校园的电影。

没有铺天盖地的媒体宣介，更没有票房热卖的统计。震撼人心的是片中女主角充满英雄传奇和泣血忠诚的生命征程，让人热泪盈眶，热血沸腾。

《赵一曼》，新中国银幕上第一次出现革命烈士形象的电影，拍摄工作得到中央领导人的高度重视，周恩来总理亲自选定赵一曼的扮演者。有相似革命经历的石联星领受了这个

★ 青年陈掖贤（宁儿）。

光荣任务。她以近乎本色的出色表演，不仅使赵一曼成为中国人心中崇敬的女英雄，同样赢得了世界的敬慕。石联星因此获得了第五届捷克卡罗维发利国际电影节最佳女演员奖。

不是每个人都能以短暂的生命辉映漫长的历史。精忠报国的民族女英雄赵一曼，31岁的美丽生命，铭刻在国民心中。

陈掖贤年轻的心被《赵一曼》照亮了。这个火热的时代，年轻人的心，都被赵一曼坚贞不屈的民族气节照亮了。陈掖贤不知道自己看了多少遍《赵一曼》。每一次，他都血脉偾张，握着拳头，快速地抹去眼泪。电影唤醒了他遥远的记忆，那个隐藏于心中，交织在无望与希望中，等待了多年的人。那个模糊得根本没有记忆、却又令他锥心蚀骨的人，仿佛就在远方，和他一样期待着某一时刻的到来。

性格沉默的年轻人更加沉默。成长中点点滴滴的往事，前呼后拥地接踵而至。此时的陈掖贤喜欢独享时光，在这种孤独的宁静中，目光温和、内心深邃的他，与往事促膝交谈。

那是在他刚满18岁的一天下午，远方表姐用一种从未有过的眼神，神秘地看着他，平时的快人快语在此刻变得欲言又止。机智的陈掖贤不急不催，故作镇静地等待着。表姐似乎是下了很大的决心，对他说："听说你的生母是个共产党员，抗日英雄。听说牺牲很多年了。听说都喊她赵大姐……"

陈掖贤已经无法听清表姐后面陈述的"听说"。他忍住将要奔涌而出的眼泪，忍住将要迸发的情感，忍住内心像被狂风撕扯的疼痛。年少的他就想抓住眼前的安宁，生活和学习，不想让自己的生活猝不及防地变得繁复和陌生。

6年前的那个黑夜，阴沉沉地笼罩着12岁的陈掖贤，让他至今都无法轻松。

饭后，天已黑。那时候的他，被人称为"少爷"。

父亲陈岳云说，咱俩出去走走。

聪明的陈掖贤脑子倏忽搜寻着，自己最近没做错事，学习一直很用功，写的诗词还得到父亲赞扬。仰头望去，看到父亲满脸的严肃。

出门时，陈掖贤看了一眼母亲周菊芳。母亲也看着他，微微笑了笑，然后点点头，没有说一句话。

家，依然平和安宁。

他们走的那条小路在重庆南岸，边上就是乱坟岗。

风不轻不重地吹着，陈掖贤不时抬头看看黑透的天空，再看看不急不慢迈着脚步的父亲。

此刻，少年的心异常平静，大大的眼睛里写满欢快。

"我不是你的亲生父亲。"陈岳云的声音不高不低，没有铺垫和过渡。接着，又从牙缝挤出四个字："八叔，才是。"

无异于雷霆炸响，少年平缓的脚步突然踉跄了一下，大大的眼睛求证似地看着眼前的父亲——这个转瞬之间就成为养父的人，给他优渥的生活、当受到委屈时呵护他的人。

此刻，从记事起就被自己唤作父亲的男人，转过头看向远处。

陈氏家族，人多业大。陈岳云，民国时期印刷行业的领袖人物，是陈琮英（任弼时妻子）、陈达邦（陈掖贤生父）兄妹的堂兄（五哥），早年在湖南长沙开办纸印公司，北伐

★ 左起：陈达邦、陈达泉（陈达邦胞兄）、陈岳云（陈达邦堂兄）。

战争开始后，公司迁到武汉。

陈岳云的公司是陈、任（任弼时）两家的联络点，实际上也是中共秘密交通站。抗日战争爆发武汉沦陷后，公司迁往重庆，改名"中国印刷厂"。《新华日报》《群众》杂志和党内其他出版物都得到陈岳云的支持和帮助。

沉默片刻后，陈岳云的声音有些飘忽地说："你的亲生母亲已去世好多年了，她叫李一超。"

少年的目光稚嫩、怯懦、无助还有执拗。第一次听到"亲生"两个字，是如此的轻飘，轻飘在风中的还有一个陌生的名字，与牺牲联在一起，却像钉子扎进少年的心。

手提的马灯忽明忽暗，夜风撕扯着两个人的心。

窒息的感觉，让少年的呼吸局促起来，他看到黑沉沉的天空重重地砸向自己，雷鸣一样的声音炸响在耳边。此后，这令人痛苦的幻听，陪伴了他一生，折磨了他一生。

12岁少年的小心脏，无法承受拳头大的事啊。这个毫无先兆的消息，对12岁的孩子，太过残酷。

这位刚从法国回来，精通俄语和法语，一身西装领带和皮鞋，被自己称为八叔的陌生人，居然是自己的亲生父亲。而他熟悉的父亲，则是穿着长衫马褂、说着好听的湖南家乡话、看他的目光从来都是暖暖的那个人。陈掖贤无法面对这样的现实。为此，他继续称陌生的生父为八叔。

然而，这位神秘的生父陈达邦，在西装革履、光鲜靓丽的外表下，还有许多少年不知道的秘密。他是当年中山大学鼎鼎有名的二十八个半布尔什维克之一。1926年考入黄埔军校，1927年加入中国共产党，同年被派往苏联莫斯科中山大学学习。毕业后在莫斯科外国出版社中国印刷部工作。之后辗转法国巴黎，担任由吴玉章主编的《救国时报》印刷厂厂长。

在苏联留学期间，陈达邦与李一超相识相知相爱，幸福结合。不久，爱情的结晶含苞待放。就在他们享受学习和爱情的甜蜜时刻，由于国内革命形势发展的需要，怀有4个月身孕的妻子，领受任务，只身回国。

陈达邦心疼妻子，建议生完孩子再回国。李一超坚决地说，党的决定，不能还价。陈达邦心里放不下妻子，提议他们一起回国。李一超依然坚决地说，夫妻离别事小，求学任务重大，莫作此想。

夫妻分别后，陈达邦无时无刻不在思念和牵挂体弱多病的妻子和未出生的孩子。期盼中的陈达邦没有得到妻儿丝毫的消息。直至分别近三年之后，陈达邦盼到了妻子的来信。为了逃避国内严格的审查，信封上没有地址门牌号，内容也极其简单，有对丈夫深切的思念，告知他们的儿子已经出生，一切都好，不必挂念，现已寄养在他武汉堂兄的家里。信中夹着一张妻子怀抱儿子的照片。

这张照片成为陈达邦思念妻儿唯一的珍贵物品。他在转战巴黎之前，为避免遗失，或遭敌人搜查，将妻子写给自己这封唯一的信件和照片，存放在了共产国际的档案室里。

现在，看着眼前青春年少的儿子，陈达邦心痛不已，歉疚自己没有尽到父亲的责任，但又找不到更好的方式去安抚亲爱的儿子，只有用亲昵的目光，远远近近地追随着少年那躲避父亲的身影。

陈掖贤的内心,忧伤而惆怅。面对突然而至的生父,时间不允许他思考,不征求他是否接受,不管陌生还是尴尬,至亲血缘的生父,就这样闯进了少年的生活,让失去平静的少年只想遁入黑夜,逃跑,躲藏。他不知道此后的某一天,是否会有一个名叫李一超的陌生女人,突然出现在自己眼前,告诉他,我就是你的亲生母亲,我没有死。

他不敢想象这会是哪一天,或者又要等待一个漫长的12年?这无法确定的一天,像一张巨大的网,网住了12岁少年白天的阳光,夜晚的月光。望着满天的星空,一次又一次呼喊,妈妈,李一超,你在哪里?回答他的,是天野死一般的沉寂。

陈掖贤在害怕和期盼的矛盾中,度过一日又一日,一年又一年。他还发现八叔出现之后,自己与养父母的亲密关系,也发生了难以名状的微妙变化。这一切更增添了少年的烦恼与苦闷。

意志就是架在痛苦与力量之间的那座坚固的桥梁,需要独自而坚强地穿行。

电影《赵一曼》,让百感交集的陈掖贤再一次想到,传说中牺牲或许还活着的母亲——李一超或者李淑宁,也许还会有其他的名字,为什么没有留下任何的痕迹,找不到一丁点儿的消息?父亲说为了革命工作需要,名字只是掩护身份的代号,是那个年代为了保护自己和同志,必须使用的一种办法。

革命艰难,艰难到爹娘给自己的名字,都不敢告诉身边的人?难道身边没有一个值得信赖的人?年轻人满心的疑

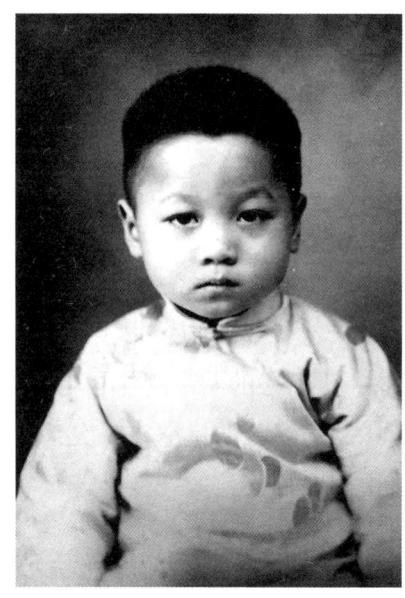

★ 童年陈掖贤。

★ 少年陈掖贤。

问，满脸的迷茫。少年在平静的生活中，看不到"白色恐怖"充斥的危险与杀机。

革命，这个热乎乎的词语，现在的年轻人似懂非懂，其实革命就是一条道路，一条需要为了信仰和忠诚历经苦难抛洒热血的道路。革命者，只管播种幸福，从不参与收获。

别名掩护了革命者的身份，可也阻碍了寻找母亲的真相。年轻人心中的绝望没有人能够感同身受。

最好的遇见，就是成长中的陈掖贤看到电影《赵一曼》后，产生了迫切的追索愿望——想深切地了解有关母亲的一切。

其实，陈掖贤和父亲陈达邦一直没有停下打探母亲下落的脚步。目盼心思，但结果却令人失望。曾经，也有让父子两人看到希望的激动。与陈达邦一起在法国工作的文士祯，后来曾在东北工作过一段时间。他说李一超与电影《赵一曼》中的英雄壮举很像，但他不能确定。

电影《赵一曼》的编剧于敏，从抗联老战士那里采访到赵一曼在东北浴血战斗、壮烈牺牲的故事。他没有看到过赵一曼的照片，对于英雄的身世没有考证，也无法考证。

寻找妻子和母亲，成为这对父子生活的一部分。

时光就在他们急切的寻找中，不急不慢地向前走着。

大学毕业前夕，陈掖贤就工作问题征询姑姑陈琮英的意见。他唤一声"慈姑"，慈姑慈爱地看着眼前这个饱读诗书英俊帅气的侄子，心里很是高兴。只有她看得出来，侄子的五官神似他的妈妈李一超，尤其是那双漂亮有神的大眼睛，蕴含着一股坚韧的力量。当年把不满两岁的陈掖贤送往武汉堂哥陈岳云的家，就是她陪着嫂子李一超同去。但仅此一面，别过后，她们奔向各自的革命队伍，彼此再无音信。

听从党的安排，组织叫你干啥就干啥。面对侄子的征询，这位参加了两万五千里长征的红军战士，意见简短却坚决。

外交专业毕业的陈掖贤，被分配到北京工业学校，成为一名平凡而光荣的人民教师，主讲马克思主义哲学原理和逻辑学。

新中国百废待兴，建设需要人才，需要培养人才的教师。陈掖贤珍惜三尺讲台，珍惜讲台上的一分一秒，珍惜教室里学生的青春时光。

老师和学生，传授与接收。才思敏捷的陈掖贤，用自我感知最富语言魅力，最能表达情感，最具传播力量的湖南话讲课，深入浅出，抑扬顿挫。教室坐不下的学生就挤在窗外，下课铃声响起没有一个人离开。他的睿智与帅气，赢得学生们的赞美。

陈掖贤沉浸在初为人师、不断探索的喜悦中。与此同时，另一个喜讯传来——母亲的二姐、自己的姨母李坤杰，经多方打听后给陈琮英写来书信，找到了妹夫陈达邦、外甥陈掖贤，骨血相亲的一家人终于有了联系。

陈掖贤苦苦寻找的母亲，也终于从姨母这里得到了消息：母亲原名李坤泰，乳名端女儿，学名李淑宁，笔名李一超。

陈掖贤固执地认为，名字对一个人很重要。只有珍惜自己的名字，才知道自己是谁，来自何方，要去做什么。

但他不知道,时隔不久,一个被载入历史史册,一位充满了伟大母爱与悲壮传奇的英雄人物,她亲爱的孩子,那个叫"宁儿"的乳名,居然与自己息息相关。此时,岁月的脚步落在1955年。

这一年李坤杰64岁,陈掖贤26岁。

第二章 今生不告别

就从1926年11月末,分别的这一刻说起吧。

因为这是一次再也没有相见的再见。分别时的姐妹谁也没有意识到,此别就是今生的永别。

四川宜宾合江门码头,天空晴朗,丝毫没有忧伤别离的清冷或细雨。

因为妹妹李坤泰此行是去培训国共精英的黄埔军校学习,是为实现自己高远的理想而远行。妹妹写给她的信字里行间斗志昂扬、意气风发。二姐李坤杰心中喜悦,又有隐隐的担忧。此时,母亲已经去世,家乡再无牵挂,21岁的妹妹冲出峡江,展翅高飞后还会回来吗?

也曾读了几年私塾的李坤杰,积极支持和帮助妹妹外出读书,为了让妹妹挣脱封建家庭的束缚,她奔走在家庭和亲情之间,想方设法地劝说和调节,让一家之主的大弟李席儒,不要阻挡最小的幺妹去实现自己的理想。

李氏姐妹,先后步入革命队伍,在那个封建禁足、妇女只是男性依附品的年代，实属轰轰烈烈的女性代表。比幺妹大14岁的李坤杰，与丈夫肖简青志同道合，他们追随大姐夫郑佑之，青春激昂、热血沸腾地投入革命运动中。肖简青和郑佑之同样出身于封建地主家庭，两人还是关系密切的同学。不久，四妹李坤能因为婚姻不幸，勇敢地冲出了家庭牢笼，跟着姐姐和姐夫寻求温暖和光明。

长路浩荡，万事可期。踔厉奋发的姐姐们，执着求索理想之路。谁料此时，李家最小的幺妹李坤泰，已在大姐夫郑佑之引导和介绍下，成为宜宾古城历史上首位加入共青团组织的女性。随后，团组织队伍在不断发展壮大，李坤泰成为两位姐姐以及二姐夫的入团介绍人。

剪去长发的李坤泰，脸色有些苍白，但神情激昂，秀美干练。她看到二姐还是长发，不容分说拉着李坤杰剪成了短发。她的笑声永远那么爽朗："你看，这才是新时代的女性。二姐，你一定要领导好妇女同盟会，让这颗革命的火种，如火如荼地燃烧起来！"

离别在即，依依不舍。李坤杰给妹妹做了一件蓝布棉衣，含着眼泪千叮咛万嘱咐。李坤泰抚摸着姐姐的脸，笑声依旧爽朗地说："莫愁前路无知己，天下谁人不识君。做事情就要无所畏惧，莫怕前路有虎狼。二姐，不久的将来咱们会再相见的！"李坤泰的脸上绽开自信的微笑。

大姐夫郑佑之因为有事，没有来码头送行，他把身上仅有的20块银元交给李坤杰，让她送给幺妹。

回望自己的成长经历，李坤泰有些激动地说："这些年，

★ 赵一曼的二姐李坤杰。

是大姐夫培养了我,把我引上革命的道路。二姐,请你转告他,我一定不辜负希望,干出一番事业来。仁者不以盛衰改节,义者不以存亡易心。"

开往重庆的船就要启航了,姐妹俩在合江门码头,情不自禁地唱起了离别的歌:

> 今朝离别天,离别天,
> 离别好心酸。
> 牵衣泪不干,泪不干,
> 相会在何年?
> 各人珍重道路远,
> 地各天涯难相见。

一首送别曲,两行泪沾襟。离别故土和亲人,今朝挥手何日归?姐姐理解妹妹心存高远的志向。家国天下,不能两顾,以国为家,卫家安泰。

二姐李坤杰只能目送载着幺妹的大船远去,远去,直到成为一个黑点,消失在茫茫的大江中。她无法看到外表柔弱的幺妹心中那团烈火,在乘风破浪的路上熊熊燃烧。

武汉国民政府在开办黄埔军校武汉分校时,决定招收女生入学。在1926年的旧时代,军校招收女生被称为"破天荒的大事,是中国教育史上的创举"。一代骄女由此成为黄埔军校历史上唯一的一批女学员。

来到山城重庆的李坤泰,看到仅四川各地云集在此的热血青年就有一千余人。他们集中在铜鼓台中山学校,准备参加黄埔军校的入学考试，主考官是中共四川省委负责人杨闇公。

热血沸腾的年轻人，摩拳擦掌，势在必得。紧张的初试后，被录取的只有300多人，其中女生29人，名单大张旗鼓地公布在《新蜀报》上。

李坤泰在报纸上看到了女生胡兰畦、游曦、陈德云等人的名字，也看到罗瑞卿、陈伯钧等男生的姓名。终于看到自己的名字后，她长长出了一口气。她知道初试只是第一关，到了武汉还有一次重要的入校考试。成绩皆优者，方可踏进黄埔军校威严的大门。

参加考试的女生，年龄和家庭出身各不相同。郁郁寡欢的陈德云对她说，想到要离开父母，心里很难过。李坤泰知道她是家里的独生女儿，便安慰道："那就抓紧时间，好好和父母道别。我和你不一样，我的父母都去世了。我是宁做他乡鬼，不做家庭奴。"

关山重重，长路漫漫，李坤泰是有规划和目标明确的人，她知道自己的远征从此开始。

1927年1月8日，这一天有些寒冷，重庆的朝天门码头却热火朝天，激情飞扬。李坤泰和革命青年们高呼着"为了民族的复兴和北伐的胜利！""打倒列强除军阀！"的口号，登上了开往武汉的"其春号"。

李坤泰聪慧叛逆的美少女形象，不仅是二姐李坤杰这么认为，也是伯阳嘴宗亲的公认。

伯阳嘴距宜宾县城60公里路，村庄依山傍水宁静秀丽，建在山丘上的3处院落，住着二十几户人家。上冲口称为上伯阳，下冲口称为下伯阳，中间凸起居中的地方被称为中伯阳。李坤泰一家就住在清幽平阔的中伯阳。李家是当地的名门望族，城里有商行，乡下有良田，开明友善的家风，深得乡邻喜爱。

1905年10月25日，李坤泰出生在层林叠翠、河水环抱、被称为风水宝地的中伯阳。她的出生很有戏剧性。已有一子六女的父亲李鸿绪，看着自己的家业，还想要个儿子。听到婴儿清亮高亢的哭声，心中大喜，断定是个男孩无疑。

"恭喜老爷，是个大眼睛的漂亮女娃儿。"

李鸿绪满脸疑惑，有些失望地看了看接生婆。心想，听这娃儿的哭声这么响亮，将来一定能帮李家做大事啊，说不定在她后面追生，就是个男娃。

两年后，李鸿绪梦想成真，妻子为他生下了一个儿子。已是9个孩子母亲的蓝明福，至此封肚。

有了幼子的李鸿绪，依旧对这个个性鲜明、聪慧却又有些任性执拗的幺女儿宠爱有加，起名坤泰，字淑宁，乳名端女儿，饱含了父亲所有的爱意。文墨在胸的李鸿绪，虽然一辈子没有离开过这个与世隔绝的偏僻山村，但他希望生活在风雨飘摇的大清朝的女儿康泰、安宁。

李家门前有两个皇帝赐的"功名柱"，据说是某位先祖考上进士、取得功名后留下的标志。年轻时的李鸿绪也曾踌躇满志，用四十两银子捐了一个监生，但他不是为了赚钱和做官，仅仅是为了见到县官不下跪而已。

★ 赵一曼故居门前的"功名柱"。

李鸿绪自学中医，免费为乡邻看病，专注而温暖地对待每个乡亲，成为全村人心中德高望重的乡绅。

受到村民拥戴的李鸿绪，面对他疼爱的幺女儿成长中的桀骜不驯，有无奈，有宽容，有称赞，父爱大于一切。端女儿从小就有主见，想法多办法也多，且不达目的誓不罢休。好强争胜不服输的性格，让她怒怼封建社会的陈规陋习，小小年龄就知道，面对恃强凌弱、三从四德的不公平，唯有斗争和反抗，才能得到彻底的自由和解放。

今天，我们的8岁女童正是沐浴祖国阳光雨露的花骨朵，可以自由幸福地读书学习。而彼时的8岁女童李坤泰为了进私塾读书，在四川封闭的山区农村，她努力倔强地争斗着，终于得到父亲首肯，争取到了女孩子读书的权利。

9岁那一年，为躲避家乡的战火纷争，李坤泰随全家人去姥爷家避难。大姐夫郑佑之看到天资聪颖的幺妹，指导她学习国文和算术。闲暇时，郑佑之给充满求知欲望的幺妹讲"鉴湖游侠"秋瑾的故事。秋瑾是中国女权和女学思想的倡导者，辛亥女杰。在李坤泰两岁的时候，秋瑾为推翻数千年封建统治而牺牲，芳华32岁。"莫重男儿薄女儿，平台诗句赐娥眉。吾侪得此添生色，始信英雄亦有雌。"女英雄秋瑾，成为李坤泰的时代偶像。

心中涟漪荡漾无法平静的李坤泰，天天缠着大姐夫讲令她耳目一新的故事。郑佑之讲了辛亥革命，推翻帝制和走向共和——这些新鲜的名词让少女的心中犹如闯进小鹿一样激动不已。她向往着某一天走出山村，去看外面精彩的世界。

没有灵魂的躯体是可怕的，而读书可以涵养人的灵魂，丰富人的精神世界，让人有信心去做自己想做的事情。大姐夫的读书论让李坤泰明白了，唯有读书学习，才是打开认知世界的钥匙。

10岁的少女，在封建制度的压迫下，不缠足会遭人耻笑。但李坤泰面对缠足陋习，却是以死抗争，绝不屈从。娇宠幺女的小脚母亲，没想到她认为天经地义的缠足，会让女儿以死相抗。那条裹脚布，缠上被解开，再缠再解，最后被女儿拿砍柴刀当众剁碎。她振振有词地反抗母亲说："脚是用来走路的，不是给别人看的。"母亲满脸愁苦："不裹脚，你将来怎么嫁人啊？"充满自信的少女，昂扬地回答道："母亲，这你不用发愁，我不会在伯阳嘴待一辈子，更不会在这里找婆家。"

平日，开明的父亲常常怜惜地说，我的端女投错了胎，要是个男娃就不得了。贤惠的母亲，对幺女一句重话都舍不得说。有些任性的李坤泰，娇嗔地怼父亲道："男儿有什么好？女子哪地方差？我就坚信女子胜过男儿！像秋瑾那样的女中豪杰，我最崇拜。"

通晓古今的父亲也给儿女讲故事，李坤泰最爱听父亲讲岳飞的故事，梁红玉和穆桂英的故事。依偎在父亲身旁的少女，乖巧又安静。

当初，李鸿绪在自家楼下开办私塾学堂，请来远方堂哥当先生，学生就是小儿子和本家侄子六七个男孩。幺女知道后坚决要求去上学，父亲坚决不同意，说不能坏了祖上的规矩。她跟在父亲身后软磨硬缠，没有效果再找母亲去说情。

最终，硬碰硬的结果是，幺女的硬，战胜了父亲的硬。

学习一段时间后，冰雪聪明的李坤泰就将所学《三字经》、四书、《千家诗》等课本，倒背如流。课堂上提问老师的问题，老师也不知如何回答。少女的心绪波动不安，这个学堂满足不了她的求知欲望，她渴求学习更多更新的知识。

一天，她和小伙伴们摆龙门阵，说自己不会在伯阳嘴待一辈子的，将来要到县城去读书，还要去京城读大学。

小伙伴们笑她吹破牛皮，别说京城要走几个月，就是去县城都要翻山过河的，怎么走，走哪里去？

李坤泰也笑了，大声说："我还要去游洋呢。秋瑾游过洋，我也能游洋，女人就要像她那样子活着。"

"游洋"，一个遥远而美丽的梦想，对于一个从未走出过山谷的女孩子来说，梦想宏远，现实骨感。

小伙伴们笑疼了肚子说："你是从咱们中伯阳游到上伯阳，然后再从上伯阳游到下伯阳，来来回回地游啊游，这就是你的游洋哦。"他们大笑着喊起来："游洋生游啊游，游洋生游啊游……"

李坤泰没有笑，抬头眺望夕阳下的远山，在金色的光影里层层叠叠，山的那边是什么样子？路的尽头在哪里呢？

没有什么能够阻挡我对远方的向往。她在心里默默地对自己说。

然而世事无常，李坤泰始料未及的家庭变故，瞬间改变了她本来顺畅的求学之路。尽管求学之路令她冲出突围时身心疲惫，与哥哥李席儒的亲情"拼杀"令她伤痕累累，她的

★ 宜宾纪念馆内赵一曼凝望远方的塑像。

愿望终归是实现了。

13岁这一年，疼爱李坤泰的父亲去世了，她幸福无忧的生活大门，"哐当"一声就给关闭了。关上这扇大门的，正是她的哥哥李席儒。私塾停办，她无学可上。看到弟弟和侄子们继续去别的地方上学，赵一曼也想同去读书，多次找哥哥商量，软硬兼施均无效果。

父亲去世后，哥哥李席儒成为一家之主。还没有准备好撑起家庭责任的哥哥，封建思想根深蒂固，千方百计阻止妹妹外出求学。说女子无才便是德，终究要嫁人成为别人家的人，严守妇道、学习女红才是本分。哥哥借口家里没钱，不同意幺妹出门读书，到处张罗着给她找个婆家早早出阁。

李坤泰陷入苦恼与挣扎中。谁料祸不单行，不久她发现自己患了肺病。这个家族遗传的疾病，折磨得她持续发烧和咳血。病中的李坤泰将自己的遭遇、愤懑和希望，写成一篇文章《请看我的家庭》，三千多字一气呵成。写好之后，心切地转交给大姐夫郑佑之。她知道，只有郑佑之能为自己指出一条光明的路。

博学多才的郑佑之1922年加入中国共产党，早期的马克思主义追随者，看了李坤泰的信非常激奋，马上肯定了幺妹的勇气和胆识，鼓励她女性只有同封建礼教作斗争，才能将自己从压迫中解救出来。这个世界上没有什么救世主，如果有就是自己拯救自己。细心的大姐夫还在信中告诉她：你的名字，一超就好了，老幺粗心，把话都传错（在家用坤泰，登报用一超，出门读书随你自己改）。我告诉你的"不"字三个：不要灰心，不要怄气，不忙逃走。

★ 李坤杰与李席儒。

郑佑之将文章修改后，分别寄往上海向警予主办的《妇女周报》，天津邓颖超和李峙山主办的《女星》杂志。

1924年8月6日，《妇女周报》第49期刊登了题为《被兄嫂剥夺求学权利的我》的文章，作者署名是"一超"。这篇铿锵有力的文章是一个要求独立解放和学习知识的女性内心深处的呐喊：妇女"受专制礼教之压迫，做私有财产社会的奴隶，供专权男性的玩弄已几千年了，""请全世界的姊妹们和女权运动者，帮我设法，如何才能完全独立？"文章得到了全国进步青年的声援和支持。

时隔五天，天津《女星》杂志刊出题为《在家长式的哥嫂下生活的李一超女士求援》一文，再次引起社会有志之士的强烈反响。

"多蒙现社会的新学诸君，在那高山顶上，大声疾呼，隐隐的声音也吹入我铁篱城中来了。我将我的聋耳掏空，细细一听，岂不是唱的'社交公平''平等自由'么？我到这个时期，已经觉悟了。"

历史在这里高一脚低一脚地前行，19岁少女用思想的力量唤醒在黑暗中受尽苦难的妇女，举起火炬照亮自己和这个世界。

"可怜我们许多女子还深深被压迫在旧社会制度之下，受那黑暗的痛苦啊！我感觉到这个时候我极想挺身起来，实行解放，自去读书。"

读了这篇文章的人，无法想象作者是一个弱女子。她青春的枝条上，布满荆棘和啼血的鸣唱，如此坚定执着地争取求学权利和独立品格，无异于吹响了妇女解放运动的号角。

"幺姐，你为啥子要想游洋？去那么远不害怕吗？"整天跟在姐姐屁股后面的弟弟李绍唐，实在搞不懂满脑子奇特想法的幺姐究竟想要干什么。

"绍唐，长大了你也要走出去。"李坤泰怜爱地摸摸弟弟的头说："只有走出山外，你才知道世界是什么样子，才能像大姐夫一样学更多的东西，做个有头脑的人，去和这些不公平的事情斗争。你强大了，鬼都怕你，你还怕啥子？"

"鬼都怕？哈哈哈。"弟弟不解其意地大笑起来。

此后，李绍唐紧跟幺姐的步伐，1927年，他们一起加入共青团，在革命斗争中奋发向前。遗憾的是，大革命失败后，李绍唐被迫逃离家乡，1939年因病逝于唐坝，一腔热血抛洒在革命事业未竟的路上。这时，他的幺姐已经十余年音信全无，更不知幺姐已于三年前牺牲。

姐弟俩都逝于31岁的芳华之年。

1949年12月的成都，锣鼓齐鸣庆祝解放。此时，已与幺妹李坤泰分别23年、在四川宜宾工作的李坤杰，强烈地思念着妹妹，每天都在打探消息，盼望幺妹有朝一日回到故乡，姐妹团聚。

她送妹妹去上黄埔军校后，知道幺妹于1927年到苏联莫斯科学习，之后回国在上海工作。其间她们保持偶尔的书信往来。因为白色恐怖以及工作纪律，她们只能互报各自的简单情况，但自1930年之后，妹妹像人间消失一样杳无音信了。

李坤杰坚信，智勇双全的妹妹一定活在这个世界上，她就在新中国的某个地方，心情如她一样，急切地在寻找家人，等待团聚。

对幺妹怀有歉疚之心的哥哥李席儒，也在期盼着幺妹回家。现在是新中国新时代，他的觉悟也提高了，有一肚子的话，等着兄妹团聚时，细细说给幺妹听。

饱经沧桑的新中国刚刚解放，满目疮痍的大地上，到处都是寻找离散或牺牲逝去的亲人的人。许许多多的名字只是一个名字，只是两三个没有温度和生机的汉字。但每一个名字的背后都是有骨有血、精神丰满的人。活着的、血脉相连的亲人，流在寻亲路上的眼泪，可以起航一艘艘出海寻亲的大船。

1950年，李坤杰在川南行署任职，听说党委统战部副部长陈林，曾在莫斯科中山大学学习过，她高兴地赶去询问。陈林说在学校倒是常能看见李坤泰，因为有纪律，互相之间的情况都不了解，后来也没有任何联系。

为了找到妹妹，李坤杰不放过任何线索和信息。她托人在《人民日报》上刊登了寻人启事。

不久，李坤杰收到了报社回信，泪眼模糊的她记住了这一天：1952年6月8日。只要是与妹妹有关的每一个日子，都珍藏在她的心里，好像就此拉住了与妹妹久别的手——

> 李坤杰同志，你来信所寻李淑宁同志，现因本报篇幅有限，除军属寻找革命军人启事外，不刊登其他寻人启事。因你寻的人与一般情况不同，故我们已转组织部调查，答复后是何情况再回复你。
>
> 人民日报读者来信组

姐姐找妹泪长流。就在李坤杰苦苦寻找看不到结果的时候，一个突然来临的好消息，让又惊又喜的李坤杰放声悲哭。她把压抑了很久的情绪，都释放在眼前这个消息里了。

郑双璧——李坤泰宜宾女子中学的同学——拿来一张照片交给李坤杰，说："二姐，这张照片是妹妹琇石让我转交给你的，是当年淑宁在上海交给她的。这些年一直战乱没办法联系你。现在好了，照片终于交给你了，我心里也就踏实了。"

照片上，面容秀美、端庄优雅的妹妹李坤泰，端庄地坐在藤椅上，美丽的大眼睛凝视着前方，深邃、自信，有淡淡的忧虑，也有淡淡的笑意。怀里抱着的孩子，天真的大眼睛无忧无虑，左手握着小拳头放在胸前，右手被妈妈握在手心里，享受着母爱和温暖。

母子俩都穿着短袖，衣服素净、整洁。

母子俩都看着前方，前方是什么？延伸着怎样的路？

这张照片就是我们今天看到的赵一曼与儿子唯一的合影。现在，我们谁能更好地解读，彼时一位年轻的母亲，以怎样的心情别离幼小的孩子？

有人曾将一个人的相貌分为两种：父母遗传的物理相貌，后天修为的精神相貌。精神的相貌集中在脸上，就是她人生的履历表。从小到大做过的事说过的话，闪光动人之处都点滴积攒于心，从而形成力量的密度、知识的密度、思考的密度。脸孔就靠这些内在的密度积累，被一点点改造成与往日不同的形貌。

★ 赵一曼怀抱宁儿，留存于世的唯一照片。

李坤杰从照片上妹妹的面庞和眼神中，看到了不同往昔的妹妹，不畏强暴、温暖有光的风骨。

比忧伤更持久的回忆，刻在岁月的年轮上。已是满头华发的李坤杰，懂得不可挽回的痛楚。分别20余年，虽然是一张照片，李坤杰犹如看见了日思夜想的妹妹，令人意外和惊喜的是，妹妹居然还有个可爱的儿子。李坤杰一刻也没耽误，联系上了远在陕西省宝鸡市工作的郑琇石。郑琇石在回信中，详细讲了自己和李坤泰在上海相遇的情况。

信纸，被李坤杰的眼泪浸透，每一个字里她都看到了妹妹这些年的艰辛坎坷，妹妹的坚韧不屈也超出了她的想象。

郑琇石在上海遇见李坤泰时，她使用的是李一超这个名字，孩子已经半岁了。那时，她们在上海中央机关工作，两个老同学见面格外亲切，因此常常在一起，说些心里话。李坤泰生病时，她还帮着带过孩子。后来，李坤泰被派往江西工作，但是时间不久，组织遭到了敌人破坏，她带着孩子为了躲避沿途的追查，衣服全部都丢了，身上没钱，又怕暴露，差点丢了孩子。逃回上海后，工作了一段时间，又接受了新的任务，就把孩子送到丈夫在武汉的亲戚家。此后，她们再也没有了联系。郑琇石建议李坤杰，可以给周恩来总理写信询问一下有关情况。

李坤杰先去照相馆，将妹妹的合影照片，翻拍放大了几十张。然后，厘清思路，斟词酌句给政务院总理周恩来写信。她懂得给日理万机的一国之总理写信，不是一般的叨扰和添乱。但无计可施的李坤杰相信，只有这样才可能得到妹妹确切的消息。

——我胞妹李一超,四川宜宾县人,大革命时期在武汉军政学校毕业后到苏联留学,与湖南人陈达邦结婚,1928年秋间回国,因她有肺病,且身怀有孕,苏联地处极北空气稀薄,对此种病不适合治疗,回国之后即在宜昌工作,还生了一个男孩。后来就调到党中央(上海)机关工作,曾调到江西去工作过,一段时间因省委机关发生问题,她只身逃回上海,衣服都弄丢了(做乞丐),找到了组织。其后在党中央机关工作,她的孩子即送到陈达邦家里(陈本是湖南人,但在武汉也有家),1931年后即不知道消息(以上一部分消息是同在上海中央机关工作的一位女同志郑琇石写信告诉我的),陈达邦是否回国,以后情形一点也不知道。听说当时您在中央做领导机关工作,如果能够知道一些情形,请告诉我!

这封写于1953年5月20日的信发出后,李坤杰开始焦灼地等待回音。等待中的李坤杰,心绪很乱,除了工作就是对寻找妹妹的结果做着各种预想。

那个早晨一只鸟儿飞来,落在窗台上,叽叽喳喳对着她叫。李坤杰的心情喜忧参半,她对鸟儿说,你是来给我报信吗?坤泰在哪里?她活着还是死了?她是孤独的一个人,还是有人相伴?她的丈夫和儿子现在哪里?他们是死是活啊?

鸟儿没有理会,又是一阵叽叽喳喳后,飞走了。黯然神伤的李坤杰在这一天,喜出望外地接到了一封来自全国妇联的信函。

李坤杰同志：

你寻找你胞妹下落的信，由政务院总理办公室转交本会蔡主席，周总理不知道此人，本会蔡主席和中央劳动部副部长刘亚雄同志都看过此信，均不知你胞妹的消息，特此函告，请你考虑是否可以登报寻找，或找其他的线索。此致

敬礼

1953年9月19日

20多年的时光过去，周恩来总理已不记得李一超这个名字，他把信转交给了全国妇联，请蔡畅等人帮助查寻。全国妇联在查询无果后给李坤杰回复了此函。

抱着最大希望，这一刻却像断线的风筝，失去了方向和目标。李坤杰又一次陷入痛苦，她努力不去多想"死"这个字。她希望看到活生生的妹妹，依然朝气蓬勃，依然美丽如初。不管妹妹在哪里，一定要找到她，一定要接她回家。

李坤杰更加坚定了自己此生不找到妹妹，死不瞑目的决心。

李坤杰利用开会、学习，和老同志相见的机会，打探与妹妹有关的一切消息。

时光匆匆走进了1954年，李坤杰担任四川省政府监察委员时，同事江子能去北京开会，李坤杰请他利用开会的机会，向来自全国的同志打听一下妹妹的消息。

开会期间，江子能见到了20余年未见面的宜宾老乡，曾任中共满洲省委组织部长，时任国务院宗教事务管理局局长的何成湘。老乡相见格外亲，道不尽的乡情，问候不完的家乡人。江子能说起李坤杰在寻找胞妹李坤泰，20多年毫无音讯。

何成湘说自己也在寻找一个人，就是电影《赵一曼》中的赵一曼。他与赵一曼在东北一起工作过，知道她姓李，是四川人。赵一曼和老曹在哈尔滨领导电车工人大罢工后，暴露了身份，老曹英勇就义。组织鉴于赵一曼的身体情况，计划安排她转移去另外一个城市工作，但赵一曼坚决不同意，要求去条件艰苦的抗日游击区。她自信地说，我是学过军事的，要去有用武之地的地方。最后，组织决定派她去珠河游击区工作。当时与赵一曼谈话的，就是担任满洲省委组织部长的何成湘。何成湘一听赵一曼的口音就知道她是四川老乡，但组织纪律不允许多问。

当时，何成湘建议她到珠河后改姓李。赵一曼爽朗地笑起来，说她本来就姓李啊，在游击区大家都称她为"瘦李"。

何成湘还告诉江子能，建议把赵一曼的英雄事迹搬上银幕的，是松江省民主政府主席冯仲云，他与赵一曼是战友，但对赵一曼的其他情况不甚了解。何成湘让江子能转告李坤杰，如果她有妹妹的照片寄给他，他一看就知道。其实，东北解放后，中共党组织就开始查寻赵一曼烈士身世的有关情况，了解1933年至1936年赵一曼在东北参加抗日活动直至牺牲的战斗历程。赵一曼到底从哪里来？是什么人？她有着怎样的身世？几乎无人能说得清楚。

★ 赵一曼战友中共满洲省委组织部长何成湘。

★ 赵一曼战友松江省民主政府主席冯仲云。

英雄牺牲，身世居然成为一个不解之谜。英雄没有给身后留下什么，生命都不足惜，无所谓今生今世与今后。

不仅如此，黑龙江省档案馆保留的一份日文档案，记载着赵一曼1935年11月22日在珠河县春秋岭的战斗中受重伤被俘，直到1936年8月2日被日军枪杀，负责审讯她的日本特务头子大野泰治，也没有搞清楚赵一曼的真实身份。他认为赵一曼是一位受过高等教育的人，能够组织三万多农民的抗日联军领导人。

李坤杰将妹妹李坤泰的照片寄往北京，她一遍遍核对地址：国务院宗教事务局，一遍遍核对人名：何成湘。在等待回信的日子，她时常走进电影院，观看《赵一曼》。她敬佩英雄赵一曼，但从内心不希望自己的妹妹就是赵一曼，她希望妹妹活着，她要好好拥抱熬过苦难的妹妹，倾诉分别近30年的思念之情。她希望这一次能得到确切的回音。她在一次次的希望与失望中，等待得太久太久。

坤杰同志：

八月四日来函所附一超同志照片均收到，照片已放大，印了两三张，准备先送一张到哈尔滨东北烈士纪念馆陈列，已将你的原函附去，并陈列。

一超同志在哈尔滨工作时，我同她见面较多（我当时在中共满洲省委工作），派她到游击区工作时，还是我和她谈话后派去的。以后她在游击区的英勇斗争，引起了日寇的严重注意，她的活动曾轰动一时，赵一曼名声大震。一九四八年我去哈尔滨时，曾与当地老同志谈

★ 日伪报道赵一曼的有关新闻旧报。

到一曼在哈尔滨医院情况，及被敌人逮捕后牺牲的情况。现在哈尔滨烈士馆前面，有一条一曼街就是纪念赵一曼同志的，赵一曼影片想你已经看见了。你寄来的照片很好，来信也好！但我希望你将一曼的情形再详细告我，以便介绍和宣传。我工作很忙，余答续谈。

  此致

敬礼

何成湘

一九五四年八月二十三日

  时光无情，不让李坤杰过多地思考和悲伤。妹妹牺牲至今已经18年了，在离家乡遥远的东北哈尔滨，那是一个美丽而寒冷的城市。

  英雄赵一曼就是李坤泰、李一超、李淑宁，就是李坤杰亲爱的幺妹端女儿。

  朝朝与暮暮，切切的等候。我思念的妹妹啊，请入梦来，在梦中让姐姐紧紧地把你拥抱。

  五个月后，李坤杰千方百计地联系上了陈琮英，妹妹的小姑子。这让久陷痛苦、苦苦寻觅的李坤杰，脸上有了笑容，心中得了些许的安慰。她知道自己的心愿就要实现了，很快就能见到妹妹长大成人的儿子，还有未曾谋面的妹夫。

  这些年为找妹妹，李坤杰与信为伴。写信，盼回信。失望，再写信，再抱希望。

  眼前这封来自北京的回信，像春天的微风，吹拂着世间万物的笑脸，抚慰了李坤杰疲惫伤痛的心。

★ 陈掖贤 50 年代回宜宾探亲与亲人合影。

坤杰同志：

　　来信敬悉，你的妹妹后因牺牲，这是党国的损失。她的儿子陈披贤是一超同志当时无力抚养，由我接收后交给我堂兄陈岳云教养的。陈披贤现在24岁，去年在人民大学外交系毕业。现在北京工学院工作。陈达邦54岁，现在北京人民银行总行（北京东交民巷）国外局工作。详细情况我已请达邦同志写信给你，特复。

　　并致

敬礼

陈琮英上

一九五五年元月二十日

见字如面。李坤杰仿佛看到了自己亲爱的外甥，长着和妹妹一样漂亮的大眼睛，高大俊朗地向她走来。

第三章 我是你的红儿

成都，散发着天府之国的无穷魅力。

魅力不在时尚的太古里，不在那是一个旅人吃和游的天堂，不在你去任何一个古镇，都惬意得不可思议。

成都的魅力在于勇敢、智慧、勤劳、美丽的川籍女性。自古蜀女多豪杰。不追怀远古时期，只说中国近代史，哪一场革命斗争中，只要有女性的身影，就一定有川籍女性。有名的很多，无名之辈更多。譬如，西路红军西渡黄河后，英勇善战的妇女抗日先锋团，百分之八十都来自四川。

成都不用那句老套的话来宣传自己：这是一座来了就不想走的城市。但真有一个人来了就没再离开。

祖籍湖南，生于北京，10个月大时被父亲抱来四川，生活至今已到耳顺之年的陈红，就以"川人"自居。她通讯录的昵称是"伯阳嘴"，如果需要配图照片，一定是赵一曼故居的照片。

尽管工作之后还曾调回北京,但时间不久她又坚决要求回到了成都。其中缘由,不仅仅是气候和生活习惯,还有她对蜀地山水草木的无法割舍。她的情与感,都在这片温软多情的土地上。

是的,她就是赵一曼的孙女——陈红,相貌与奶奶神似,如复制粘贴。赵一曼的母校宜宾二中,也是陈红的母校。母校留给她的都是纯粹而美好的记忆。班里她年龄最小,又是赵一曼的孙女,老师和同学格外照顾她,班级点名都叫她"红儿"。学习跟不上,老师给她"开小灶",学习好的同学陪她一起写作业,同学们拿个好吃的零食都要与她分享。陈红美好的青少年时代在宜宾和白花镇度过,高中毕业后,她选择去奶奶的出生地伯阳嘴插队劳动。

陈红爱上了这座城,这座朴素温暖的城,给予了陈红全部的爱。这是生养奶奶赵一曼的故乡。

当初,宜宾"赵一曼纪念馆"内的半身塑像,还是在陈红上高中时,以她为原型雕塑而成。后来在此基础上,赵一曼的汉白玉全身塑像,矗立在纪念馆小广场上,伫望着宜宾日新月异的发展。

奶奶赵一曼是陈红今生今世的骄傲。她内心深处仰慕的奶奶,就是自己父亲的母亲,母爱里充盈着伟大的深情,选择以实行来教育自己的儿子。

"母亲对于你没有能尽到教育的责任,实在是遗憾的事情。——我最亲爱的孩子啊,母亲不用千言万语来教育你,就用实行来教育你。"奶奶的遗言,总在陈红耳边回响,尤其是她夜不能寐的时候。

★ 宜宾赵一曼纪念馆的雕像,以陈红为原型。

父亲陈掖贤手抄一份母亲的遗书,送给了女儿陈红。陈红每看一次,都会锥心蚀骨地疼痛。在奔赴刑场的路上,奶奶大义凛然,从容无惧。然而,她内心最柔软的深处,是对亲爱的儿子百转千肠的思念。阔别六年,已是八岁少年的宁儿,成长的道路,是否顺畅安好?这一刻,慈母之心的赵一曼,魂牵梦萦着儿子,用生命最后的绝笔嘱咐儿子:母亲不用千言万语来教育你,就用实行来教育你——表面平静的赵一曼,内心波涛汹涌。她舍得生命但舍不得孩子——做母亲的心多痛啊。

"我无法把奶奶这个柔弱的江南女子,与为国而战的抗联女英雄联系在一起。"陈红说这些的时候,不时揉搓着眼睛,她的川音越加细柔。

陈红住在成都一个安静而老旧的小区,没有电梯,走廊的灯光散发着黄黄的暖意。

脸色有些苍白,人也显得虚弱,看见客人,躺在沙发上的陈红起身倒水。她说话的声音软软的绵绵的,浓浓的四川普通话格外好听。

这一周她做放疗。每次去医院来回需要三个小时的车程,她独自乘坐公交车到医院,休息一会儿进行治疗。之后,再休息一会儿,一个半小时的车程就到家了。

文字叙述的这个过程,简单轻松。陈红亲历的过程却是痛苦沉重,并且这是一个漫长的,需要煎熬身心的过程。公交车上,都是一张张陌生的面孔,再看看车窗外一闪而过的熟悉街景,陈红在想什么呢?她不说是没有人知道的。即使她说的时候,也是风轻云淡。

病来如山倒，不是它压倒你，就是你压倒它，再恼火我也要拼尽全力压倒它。我有奶奶这个榜样，奶奶给我最大的精神信念就是——不屈。精神不屈，死都不怕，癌症算啥子。每当痛苦不堪的时候，就感觉奶奶握着我的手，就像照片里握着爸爸的手一样，说，红儿，奶奶陪着你，不怕！

陈红说，得了这个病，治疗的时间漫长而磨人，不能把全家都拖垮了。孩子要工作，不可以影响他们的生活。爱人也不能老陪我耗时间，要给他空间和时间，做自己的事情。再说，他还要给我做饭，回到家我就能吃现成饭。我强迫自己吃饭，化疗的反应再大，我都强压着自己，不能吐出一口。人是铁饭是钢，只有这样才有力气抗衡。

2016年手术至今，陈红的头发依然浓密，体重也是减少一两斤的差别。其间只要身体允许，她坚持参加有关纪念抗日战争的重大活动。众人面前的陈红精气神十足，根本看不出是癌症患者。她说那个时候，她代表的是赵一曼后人，参加的是纪念人类反法西斯侵略战争胜利的活动，赵一曼是保家卫国的民族英雄，自己必须昂扬，必须精神抖擞。

接触过陈红的人，都说她是一个单纯低调的人，不喜欢抛头露面，喜欢平淡、安静和简洁的生活。陈红理性地说，奶奶是奶奶，光荣属于她。我是我，就是一个普通平凡的人，完成好工作任务才是自己的本分。这也是父亲对我的要求。陈红在四川省大件运输公司工作20余年至退休，中途还曾经下岗，单位很少有人知道她的身世，周围邻居也不知道。这几年，尤其生病后，黑龙江省、哈尔滨市以及四川省的领导来慰问，社区知道后也要来看望，被她婉言谢绝。有时邻居惊奇地问她，昨晚电视上那个人是你吗？陈红摇头说，不是，可能长得像吧。邻居也觉得人淡如菊的她怎么会上电视呢。

之所以后来积极参与活动，缘于一次偶遇，以及跟随拍摄"纪念赵一曼百年诞辰"历史文献纪录片的经历。陷入回忆的陈红，声音里充满了敬意。

先说在北京的偶遇。一位毕业于黄埔军校的台湾老兵，知道她是赵一曼的孙女后，激动地说："一定要大力地宣传你的奶奶，这是你的责任和义务。赵一曼的牺牲，代表的是一个民族的胜利。"

很少思考宣传是自己"责任"的陈红，看着满头白发的老人，感动不已，深深向老人鞠躬致敬。

陈红从小由姨婆李坤杰抚养成人，姨婆给了她无尽的宠爱和庇护。她从记事起，就看到姨婆卧室里挂着一幅彩色画：奶奶抱着年幼的爸爸。画像是照片的放大版，栩栩如生。李坤杰真切地看着妹妹，妹妹含情的双眼也看着姐姐，她们在时空中凝视和交流。

姨婆晚上睡觉时总要默默地看一会儿，有时候会流眼泪，有时候会小声地说着什么。姨婆早晨起床的第一眼，也是看画像，在画像前默默地站一会儿。年少的陈红，不知道姨婆心里想什么，也跟着她一起看。看到画像中的奶奶和姨婆一样美，她们都有一双美丽纯净的眼睛，像夜空的星星，温柔又深情。姨婆最喜欢说，我的红儿啊，你和你奶奶性格很像，外表柔弱，内心刚强。

彼时年少的陈红，聪明地领悟到，姨婆这样说是为了让她牢记，画上的奶奶和自己是血亲，至亲至爱，血脉相连。

姨婆与陈红的日常离不开奶奶赵一曼。每每遇到问题需要解决，姨婆总会说："你奶奶看书多，有文化，脑子灵，如果是她就会解决好。她太有个性了，嘴巴特别能说。当时她为了上学和席儒斗争，我在中间没少做工作。这个事情想起来就跟昨天一样。

"你奶奶是有了想法付诸行动的人，没有人能够阻止她。席儒封建思想太严重，他以为自己是一家之长说了算，就能控制住家里的所有人。他哪里懂得，你奶奶是志向高远的人，燕雀安知鸿鹄之志啊。

"可是作为姐姐，我不想看到兄妹结怨，结仇。

"席儒虽然自私自利，但心里还是惦念幺妹的。解放后家里只有我们两姐弟了，他也在到处打探你奶奶的下落。"

姨婆陷入了沉思，她美丽的眼睛，凝望着画中同样美丽的眼睛，她们的眼睛里都噙着泪。每当这时，陈红就依偎在姨婆身边，看着画中的奶奶，年少的心懵懵懂懂。对她而言，这些都是遥不可及，却又伸手就能触摸的事情。

"他千不该万不该犯浑，烧了你奶奶的书报。让媒婆上门来说亲，阻止她搞妇女活动。他就是想让幺妹像当时的妇女一样，顺从男人，过安分守己的日子。"

大姐夫郑佑之给赵一曼买了学习方面的资料，制订好计划和步骤，让她学习和完成高小的全部课程，又从全国各地订购了四十余种进步书刊给她，风趣地说："新书就是新鲜空气，人要生活，就离不开新鲜空气。"

★ 陈红和奶奶的画像。

当赵一曼看到《新青年》《觉悟》《妇女周报》《向导》等报刊时，非常兴奋和激动。对于这个渴求知识、渴望了解外面世界的少女，这些报刊无疑打开了一扇。照耀着光芒的大门。她仿佛看到了，那就是自己向往的充满希望的新世界。

犹如指路明灯一样的大姐夫带给赵一曼崭新的知识和思想，求知若渴的少女心中燃起了一盏照亮万物的灯塔。

为了不让哥哥嫂子和生活在封闭农村、思想落后的人们发现这些书籍，赵一曼只能采取更隐蔽的方式来读书。

白天，她去后边山上的大石头旁读，石头隐藏在茂密的树林里，很少有人光顾。晚上，她就把自己藏进一个宽宽的洋布罩子里，点燃用竹筒做的桐油灯，常常不知不觉看书到天亮。

母亲知道了，心疼地说："哪有你这样读书学习的，身体会扛不住啊。"

哥哥和嫂子最终也发现了，他们认为这都是郑佑之送来的邪书让幺妹鬼迷又心窍，干出各种疯事来。他们趁幺妹外出的时候，搜出房间所有的书报，付诸丙丁。为此，赵一曼与哥嫂大吵一架。之后，她更加谨慎地藏书和读书。

看到上门提亲的媒婆，赵一曼心里清楚，这是哥哥和嫂子的安排。聪慧的赵一曼看到家门前生长的藿麻，心中有了计策。这种植物碰到皮肉，立即会起一片疙瘩，疼痒难忍。

赵一曼不动声色看着接二连三来家里的媒婆，就在一天上午，她严词厉色对媒婆，更是对哥嫂说："谁要再上门来给我提亲，我就拿藿麻藿你们，我在这里绝不出嫁，说到做到。"

从此，媒婆们再也不敢上门来提亲了。

桃李年华的20岁，本该如沐春风，青春飞扬。20岁的赵一曼在这一年，做出了一个让伯阳嘴老幼蹦出眼球的决定。当然，乡亲们对于"幺疯子"做的所有事情，都已经平静接受，不再大惊小怪了。

这是1925年的端午节，赵一曼终于说服母亲带着弟弟搬到了上伯阳，离开她生活了20年的家，远离了想用封建思想控制她的哥哥。把自己解放出来的赵一曼，全身心地投入妇女同盟会的工作中。

姨婆走到哪里都牵着陈红的小手。她与妇女解放同盟会的老姐妹常常在一起聚会，奶奶们都喜爱这个漂亮的小姑娘，亲昵地唤她"红儿"，说红儿不仅跟奶奶长得像，脾性也像，就是缺少奶奶那股子敢想敢闯敢干的劲头。

姨婆就慈爱地说，我的红儿还小呢，还小呢。你们没看出来吗？她和奶奶性格一样，刚柔并济。

这些当年白花场的妇女解放同盟会员们，现在都是悬车之年的慈祥奶奶，她们风采依旧，高声阔谈，谈论最多的就是赵一曼，遥想当年犹如眼前。

黄奶奶说自己记忆最深刻的就是妇女解放同盟会成立那天，赵一曼的讲话把自己的心都震碎了一地。从来没有想过的事情，被她讲得像闪电打雷一样。至今都记得她高声说，古代有梁红玉，现代有秋瑾，她们都是因为受了几千年封建社会的压迫，才觉醒和抗争，提出妇女解放的女中豪杰。三从四德是封建社会套在妇女身上的枷锁，我们要靠自己去砸

★ 幼年陈红和 76 岁的姨婆李坤杰，摄于 1966 年。

烂它。我们要实现男女平等,结婚和离婚都要自由选择。

南奶奶说赵一曼本来准备了讲话稿,但往大家面前一站,不念稿子了,全都是随口说,每一句都那么响亮,给我们说出了一个妇女的新世界。她说,我们在家从父,父死从兄,出嫁从夫,夫死从子。为什么都是女从男?男人可以一夫多妻,女人就当受苦的童养媳,让女人缠足就是限制我们的自由,难道我们妇女生来就比男人低一等吗?这就是封建社会,就是男女不平等,我们一定要团结起来,解放自己!绝不做男人的附属品,我们要做我们自己!

还记得吧?黄奶奶问大家,咱们都跟着她,握着右手的拳头,高呼起来。长那么大我是第一次知道,妇女还能解放自己。

当年的妇女解放同盟会员们激动起来,她们永远都不会忘记这个日子,这个在史料中闪光的日子:1925年10月26日。

老奶奶们在热切的回忆中,洋溢着青春年少的激动。此刻,唯有李坤杰知道,入团后的幺妹,在大姐夫指导下不断学习,开阔视野。她给郑佑之写信说,这个组织要扩大起来,只有人多力量才大,妇女才能得到解放。郑佑之看着成长起来的幺妹,非常欣喜。对她说,扩大组织需要做周密的工作,可以在妇女中去做工作,将来女同志多了,可以给你们成立一个妇女支部。

不久,白花场团支部成立,赵一曼担任团支部书记。

星星之火,点燃了妇女要求解放的熊熊烈焰。

虽然面对种种艰难险阻,但赵一曼将团的工作开展得有声有色。她紧锣密鼓地开始做妇女工作，要将受封建社会奴役之苦的妇女组织起来，解放自己。

白花场历史上首次以妇女为主体的"白花场妇女解放同盟会"正式成立，几经周折，成立大会终于在12月13日召开。附近十里八乡几十名妇女会员，喜气洋洋赶到川南古镇白花场参加会议。会议推选李坤杰为会长，曾贵儒为副会长，李坤能等人为委员，李坤泰为文书，全面负责妇女会工作。

妇女同盟会的工作进展很顺利，会员从30人很快发展到了180多人。为了使白花场的妇女更进一步寻求自身的解放，赵一曼全身心投入同盟会工作中。她深知生活在大山深处的川南妇女，婚姻由父母包办，自身也没有接受教育和文化，人生命运都由家中男性来做决定，这是妇女不得解放的重要原因。

唯有知识才能改变自身，妇女进步一定要先读书学习。在赵一曼的积极努力下，妇女同盟会办起了一所义务学校，专收女孩子和妇女入学学习，赵一曼请来二姐夫肖简青当义务教员。

1969年3月，79岁的姨婆李坤杰走完了她的一生。临终前，她放心不下刚刚11岁的陈红，对女儿肖幼卿千叮咛万嘱咐。她多想将这浓烈的胜于母爱的情感，继续倾注在幺妹这个惹人怜爱的孙女身上。一生没有生育的肖幼卿，紧紧握住了母亲的手。此后的岁月，她将陈红视同己出，情同母女，相伴走过风雨飘摇特殊年代。

★ 李坤杰一家,左一为肖简青,左二为肖幼卿。

肖幼卿与她的幺姨赵一曼一样，有坚韧不拔的意志。借用现今的词汇来形容，她是一个有内核的人，她丰富的内核来自她丰富的人生经历。

虽然她和赵一曼是姨妈与外甥女的关系，其实她只比赵一曼小四五岁，她们既是学伴又是玩伴。肖幼卿儿时到姥姥家和幺姨一起读私塾，后来又先后到了宜宾，赵一曼读女中，肖幼卿读女中附小。

肖幼卿眼中的幺姨，虽为女儿身，却是丈夫心。

年龄和性别对于幺姨都不重要，重要的是她相信自己的力量，相信能用自己的力量改变不公平的社会，让天下的女性和男性一样平等自由。

来到宜宾读书上学的赵一曼，改写了宜宾历史的女性纪录。

1926年的春节，在肖幼卿记忆里非常寒冷。大年初五，幺姨赵一曼背着行李，裹挟着寒风，来到曾家湾二姐的家里。幺姨的眼睛有些红肿，对她的二姐说，今天趁哥嫂不在家，母亲送我出了家门。我是一心要出去读书的，可今天看着母亲病弱的身体，心里难过极了。第一次远离母亲，第一次走出大山，心里竟有说不出的滋味——

伯阳嘴离曾家湾20多里路。幺姨独自一人，怀着伤感，一路高高低低、沟沟坎坎地赶路，是多么孤单和寒冷。肖幼卿心疼幺姨，给她端上热水，听她们两姐妹聊天说话。

肖幼卿知道幺姨去宜宾县立女子中学（今宜宾市二中）上学，是姨夫郑佑之为她报的名。到了县城她还要认真复习功课，参加入学考试。

第二天，二姐李坤杰陪伴幺妹赵一曼，踏上去宜宾县城的路程，这是姐妹俩第一次走出深居的山乡。

曾家湾通往外界的路，山峦连绵起伏。放眼望去，走出了一座山，前方依旧是山。近百年前的山路上，两个美丽的年轻女子，靠自己的双脚，花费两天时间，用尽所有气力，走了120多里山路，终于走出她们封闭落后的故乡。

李氏家族中一位重要的外姓人——郑佑之是赵一曼的启蒙老师。他引领赵一曼走上革命道路，用通信方式指导她读书、学习和写文章，对她的思想影响最深。对于凡事总要思考深究、发问"为什么"的赵一曼，郑佑之就是回答"十万个为什么"的老师。在我们所能看到的史料中，他对赵一曼充满鼓励、鞭策和指导的回信，言近旨远，力透纸背，启迪灵魂。

赵一曼生平第一次组织活动——白花场妇女解放同盟会成立前夕，他教授赵一曼要做好妇女工作，引导她们"走男女平权的革命大路"。

成年后的陈红在寻访奶奶的足迹中，一封郑佑之写于1922年11月的信，让她过目难忘。她坚信这些充满激励与驱策的文字，使朝气蓬勃的奶奶赵一曼更坚定了走革命道路的信念：我看见你激烈的性情、过人的聪慧和近来感受压迫的痛苦，我已决定你是一个改造社会的得力人了，所以我极想帮助你，引你到革命路上去。

郑佑之知识渊博，才华出众，口才一流。他是四川早期的中共党员，马克思主义传播者，优秀的革命活动家。1891年3月13日，他出生于宜宾县一个封建地主家庭，少年时期饱读家中藏书,通晓古今诗文,被乡人誉为"秀才"。

学生时代的他,高昂地喊出:我要奋斗,要为中国的前途、为中华民族的兴盛而奋斗。

中国共产党创建于1921年,郑佑之1922年经恽代英介绍加入共产党,与天津的邓颖超,四川的何必辉、肖楚女等一起传播马克思主义。郑佑之是宜宾地方组织创建人之一,宜宾特支的首任书记。大革命时期领导川南农民运动,影响深远,被誉为"川南农王",后任中共四川省委委员。

郑佑之与李家结缘深厚,是他与大姐李坤俞缔结姻缘。他们门当户对,郎才女貌,婚后琴瑟和鸣,生活幸福。这位思想进步的知识分子,在那个封建时代送妻子读书,并为此作诗一首,赠予妻子:自惜原称女丈夫,却来脂粉一同徒。休嫌袖短难遮手,好系蛟龙不畏儒。

谁知红颜多薄命,天妒恩爱的小夫妻,无情的肺病夺走了大姐年轻的生命。郑佑之深得泰山李鸿绪喜爱,做主将五女续弦给他。然而,世事难料的几年时光,难产又夺走了五女的生命。李家姐妹一直尊称郑佑之大姐夫。李家的二女儿、四女儿、幺女儿和幺儿子,前后跟随郑佑之加入革命组织,投入革命活动中。姐弟之中,郑佑之对才思敏捷、性格刚毅的幺妹格外关注和培养,因为他从幺妹身上看到了坚不可摧的斗志和对信念坚韧不拔的追求。

在郑佑之给赵一曼众多信件的复函中,我们看到20世纪的革命者博学的知识、飞扬的文采、激情的阐述和细微入理的启迪。

★ 郑佑之。

幺妹：

　　……凡是做一件事情，既不可把他看容易了，也不可把他看难了，看容易了便会粗心，看太难了，也会害怕。

　　但是各人的自信心，却不可不坚固。在俄国，列宁便是第一个自信心很强的人；在中国，孙文也是一个自信甚坚的人。

　　幺妹，你既有这宗觉悟，这宗进步，尽可以自信，不必灰心气馁，各自一步步的朝前走！拿破仑有言："难之一字，惟愚人所用之字典有之，不能二字，非吾人所当用也。"可见古今成大事的人，无有一个不自信的！我自己信我得行，就会得行，我自己不信我得行，那就硬是不得行了。不必因为人家夸奖你，你就欢喜，也不必因为人家骂你，诽谤你，你就怄气。总之，自己要做的事，各自做起去，别人不相干的言语是无足轻重的。

　　你看四年前受众人咒骂的列宁，而今全世界十多万万受压迫的人，与那有良心的资本家、学者，哪一个不称赞他是导师，哪一个不说他是改造世界的。

　　各人的事业各人去做，怕甚么艰难，怕甚么压迫，尽管向万恶的旧势力冲锋！

　　……

兄佑之致
一九二一年十二月十一日

郑佑之1931年在重庆被捕,12月31日英勇就义,时年40岁。那个时候,赵一曼在上海从事地下工作,与大姐夫郑佑之早就失去了联系。

懦夫一生数死,丈夫只死一遭。

对奶奶赵一曼的深入了解,要从一部纪录片说起。

2005年赵一曼百年诞辰,历史文献纪录片《赵一曼》导演沈芳邀请陈红跟随摄制组,寻访赵一曼烈士的革命足迹,把当年战斗过的地方仔仔细细地走一遍。纪录片用镜头再现了赵一曼的传奇人生,还原了一个真实的赵一曼——首先是一个女人、妻子、母亲,然后才是一位伟大的战士。

跟随拍摄的四个多月时间,陈红真实地看到了一个柔弱的川南女子,一个有血有肉的抗联战士,在民族反抗侵略、争取独立和解放的惨烈斗争中,最大义凛然的牺牲。那个照片上、书本里、电影中的奶奶,在她心中丰盈鲜活起来。她终于将一座雕像和孙女心中亲爱的奶奶,用血和泪融合在了一起。

看到奶奶遭受酷刑的照片,陈红心如刀割。临刑前的赵一曼依旧平静而美丽,从容不迫。她给自己最牵挂的宁儿,写了两封简短而深情的遗书。这一切都让陈红看到了奶奶身上所传承的伟大的民族精神:不屈。正是这种不屈的民族精神,使中国人民赢得14年抗日战争的胜利。

陈红在不断地思索和感悟。奶奶在选择后方与前线、舒适与牺牲的关键时刻,从来都是毫不犹豫地选择后者,毅然决然放弃优越的生活,选择了告别家乡,离夫别子,颠沛流

★ 陈红跟随拍摄纪录片《赵一曼》。

离。选择为了妇女的自由解放而战，为了打击侵略者保家卫国而战。当惨无人道的法西斯用兽刑折磨她，企图打击她的信念，摧毁她的意志，以此逼迫她选择人人都渴求的生时，她坚定地选择泣血忠诚，从容赴死。选择以死来教育自己的宁儿，以死来换取天下宁儿们的幸福生活。

陈红心中的情感如火山迸发。当她来到哈尔滨时，感受到在奶奶抛洒热血的这片土地上，绽放着永恒的忠烈之光，奶奶永远被后人们怀念和景仰。

当人们知道她是赵一曼的孙女时，纷纷投来敬重的目光。坐出租车司机不要钱，重复着说，无以表达敬意，真的是无以表达敬意。买当地人叫"姑鸟"的水果时，老板热情地装一大袋子，无论如何不要钱。他们仔细端详着陈红说，昨天在电视上看到你了，跟你奶奶长得太像了。我们这儿有一曼雕塑、一曼广场、一曼大街，我们熟悉这位民族女英雄，怀念她就像怀念我们的家人一样。有人提出要和陈红合影，路人也都纷纷驻足过来拍照，还有中学生拿出本子请陈红签字。

此时的陈红虽然非常不习惯这样的场景，但她内心明白，人们所有的敬慕是对奶奶赵一曼的，而她只是奶奶的孙女，她没有资格接受这些礼遇。也在此刻，陈红在内心再一次告诫自己，做人必须有责任心，品德高尚，工作必须勤勉，任劳任怨，自己身上出现任何纰漏和瑕疵，都是给奶奶抹黑。

2004年，陈红所在的四川省大件运输公司，因为机制调整改革，她和一些工友被通知下岗，45岁的陈红陷入了

★ 陈红（右）、陈明姐妹参观宜宾赵一曼纪念馆。

人生的低谷。她对这个工作了近20年的单位感情深厚，从基层工作做起，一步一个脚印成长进步，先后担任了检测站副站长，综合部主任兼管收费和出纳工作，每天她经手的资金几十万元，从未出过任何差错，一切都严格按照规章制度办事。有人说她铁面无私不会通融，陈红坦荡地说，我绝不做对不起党和革命前辈的事情。

哈尔滨市委领导知道陈红下岗的情况后，向她发出了诚挚的邀请——请来你奶奶工作过的哈尔滨吧，工作、住房和生活都给你安排好，就把这里当成你的第二故乡。

茫然中的陈红，感受到了温暖的慰藉。但经过深思熟虑，她还是婉拒了第二故乡的好意。她知道哈尔滨城市的美丽神韵，也知道哈尔滨百姓的热情好客，更知道哈尔滨冬天的大雪，飘洒着洁白，蕴含着另一种美好和温暖。但是，这一片土地上，凝结着奶奶的足迹和鲜血，这会让她刺目和心痛。

"我想过平淡安静的生活，想让自己和奶奶独处，就像现在坐在阳台上，身边都是我养的花花草草，散发着淡淡的清香。也许奶奶就坐在我的身边，我们静静地享受这个阳光暖暖的午后。"

感恩生命的陈红，感恩人生中的每一个机会，每一次相遇，感恩今生今世有幸成为赵一曼的孙女，像奶奶一样热爱生命和生活。时光的尽头，她看到奶奶赵一曼在家乡那片竹林里，沐浴着阳光，安静地读书和思考……

一位端庄的女子，读书和思考。这在20世纪封闭的四川山村，是一件多么不可思议的事情。由此，陈红发现奶奶的家族竟是一个重视教育，允许女子读书传教的家族。

祖爷爷李鸿绪在自己家中办私塾，即使是乡邻眼中的"鸡婆"学堂，就像母鸡带着一群小鸡，每天叽叽呱呱在课堂上读着四书五经。李鸿绪在世时坚持办学，而且开了伯阳嘴山村女孩子读书的先河。

郑佑之在新文化运动的推动下，变卖了家产，即使自己艰难度日，依然大力倡导教育为先，提高文化素质，科学民主地改变旧世界。他在家乡创办了新式学校——柳嘉小学并出任校长。学校的讲稿、作文、书信全部用白话文。他还创办了普岗寺平民学校，为穷苦儿童提供免费入学教育。

李坤杰在民国16年春，以妇女解放同盟会的名义，和丈夫捐出家中全部的积蓄，在白花场禹王宫创办了一所女子小学，亲自担任校长。她请来进步青年当老师，中共党组织还派人到学校任教，并开展妇女工作和学生运动。

肖幼卿——李坤杰的女儿，被陈红视若母亲的人曾在学堂任教，，新中国成立后在白花镇、永远乡（原曾家湾）等多所小学任校长，一生坚守三尺讲台，为山村的孩子教授文化知识。

肖幼卿在阶级斗争无处不有的年代，以走资派和叛徒的罪名，接受无休止的批斗和羞辱。那些曾经是她学生的年轻人，厉声质问道："为什么你的父母都参加革命，加入共产党，而你却不是，老实交代自己的罪行！"

交代不出问题的肖幼卿背着背篓，里面装满石头，还有象征走资派的草人，在她熟悉的街道，被年轻人押着，走了一圈又一圈，途中不停地呼喊打倒自己的口号。

身心疲惫的肖幼卿不知道这黑白颠倒的日子何时才到头。一天，游街中的她眼前一黑栽倒在地，失去了知觉。一直跟随着养母的陈红，扑上去抱住了肖幼卿。无助的陈红狠狠地看着那些造反派，感觉自己的眼睛里喷出了火焰。

不久，她们被下放到光荣大队管制劳动，而陈红上学却要去相距十多里山路的永远乡。看到养母白天劳动，晚上被批斗，有时呆呆地不知自己要干什么。年少的陈红心智渐渐成熟起来，她想辍学陪伴养母，分担她的忧苦。

肖幼卿搂着相依为命的陈红说："当初，你奶奶为了读书豁出去不惜一切，有知识才会有崇高的目标和追求。吾生也有涯，而知也无涯。红儿，不要担心，我没有那么脆弱，不会做傻事，不然去了那边没脸见母亲，更没脸见大英雄幺姨。这些天，脑壳里过去的事情像放电影一样，想起幺姨在宜宾读书的那些事情。记得幺姨去宜宾那天，还是我给她梳的粑粑头呢。"

被大江孕育的古城宜宾，当时被称为叙府城，是长江、岷江和金沙江的汇聚之地，因此被称为万里长江第一城。

赵一曼到宜宾后，党组织安排她住在郑家园子。这是宜宾早期共产党员郑量澄的家。郑量澄的儿子郑则龙是宜宾团支部书记，他的女儿们都是团员。这是一个开明的革命家庭，也是当时中共党团组织活动的秘密据点。

住在郑家的赵一曼，感受到了温暖的照顾和关怀。因为

★ 中学时代的赵一曼。

相同的志趣，很快与郑琇石、郑奂如成为无话不谈的好姐妹。郑家兄妹喜欢这个当时名叫李淑宁的漂亮姑娘，她活泼开朗，能言快语，有见识有目标，完全不像第一次进城的乡下女孩子。赵一曼给他们讲自己与封建兄长斗争，在白花场组织妇女解放同盟会，与恶势力斗争的故事。郑家兄妹给她讲宜宾市的团组织工作，帮助她提高文化课知识，充分准备入学考试。

1926年的2月在赵一曼心中，明媚绚丽。21岁的她顺利考入宜宾女子中学，现如今的宜宾二中。同学中，年龄最小的十二三岁，赵一曼成为班级里名副其实的大姐。

入学后的赵一曼春风化雨。正规的学校，敞亮的教室，花儿一样美丽的同学，她难掩兴奋和激动，将全部的热情和精力用在学习上。平时的各种活动中，充满激情，善于表达的赵一曼，不失时机向同学们宣讲妇女解放、平等自由的意义，从鸦片战争讲到五四运动。敢作敢当又有号召力的赵一曼，很快在学生中脱颖而出，被推选为学校团支部书记，接着又当选为学联常委，成为宜宾地区学生会少有的女性领导者之一。之后，她还担任了共青团宜宾地委妇女委员，和县国民党党部代理妇女部长。

还是在这个月末，共青团宜宾地方第一次代表大会召开，思想逐渐成熟的赵一曼当选为团地委后补委员。一个月之后，中共宜宾特支建立，赵一曼由团员正式转为中国共产党员。

热血奔涌的赵一曼，在共产党这一盏指路明灯的照耀下，坚定信仰，奋勇前行。

★ 当时的宜宾女子中学。

★ 现在的宜宾二中。

入党十年之后,赵一曼以永不叛党的泣血赤诚,成为党旗上的一抹鲜红。

女子中学,依旧盛行封建观念和陈规陋习。女生们梳着的小髻,看起来像童养媳,既不好看又浪费时间,女生们意见很大却都不敢直言。赵一曼也不喜欢这个小髻,但她认识问题更加深刻:这种规定就是封建礼教的做法。她首先向组织汇报,得到赞同后,带领在校团员找到校长,礼貌地问道:"请问校长,学校是读书育人的地方,为什么要管我们梳什么样的头发?"

校长没好气地说:"这是教育局的规定,我们是执行,你们学生遵守就是了。"

"好,既然是这样,我们学生不愿梳髻,教育局又这样硬性规定,学校硬性执行,那就请校长和学监带个好头吧。"赵一曼寸步不让地说。

没过两天,《叙州日报》刊发了赵一曼文笔犀利的短文《俭省校徽的好办法》,文中抨击教育局的做法歧视妇女,干涉自由,呼吁女性独立与平等。文章最后她嘲讽地发问,难道女生梳髻,代表的是校徽吗?

赵一曼带领大胆的女生们,拿着剪刀在学监的办公室,剪掉长发,勇敢地告别旧时代。

齐耳的短发,昭示着她们是新时代生机勃发的新女性。赵一曼知道自己在学校争取女性权益的时候,中国社会正在发生裂变,这是一个多事之秋,瞬息万变的每一天,都在考验共产党人的坚贞与不屈。

年初伊始,中国国民党第二次全国代表大会在广州召开。20天时间的会议,中共党员和国民党左派的代表占据优势,重申反帝反封建的革命纲领。在宜宾县城区,由赵一曼、郑琇石等人负责成立了国民党第六妇女区党部,指导李坤杰在白花场妇女解放同盟会,成立直属县党部领导的第八区党部。

烽火3月,日本军舰在天津大沽口,炮轰驻防此地的中国国民军部队,阴谋挑起了践踏中国主权的大沽口事件。

此时,负责宜宾学生联合会宣传工作的赵一曼,组织大家上街宣讲,揭露大沽口事件真相,谴责段祺瑞政府制造的"三一八"惨案。赵一曼不惧威胁恐吓,在上级指导下,她带领几百名学生,开展了轰轰烈烈的反帝爱国运动,使抵制英国和日本进口货物(当时被称为"仇货")的斗争更加激烈。

赵一曼成为宜宾古城历史上第一位站在街头演讲的女性。

历史的街头,过客匆匆,而大浪淘沙的风流人物将被历史铭刻和缅怀。

不久,英国油轮装载的煤油靠近宜宾。上级党组织下达了应对方法。宜宾城的有志之士和学生,涌向江边奋力抵制"仇油"上岸。然而,被由英商和唯利是图的奸商买通的城防驻军,挥舞着刺刀冲散抗议的队伍,还抓捕了有关人士。赵一曼见此情况,带领学生队伍冲在最前面,激昂地说:"你们要杀我们,就尽管杀吧,爱国是没有罪的。士兵同胞们,你们也是中国人啊!"

爱国学生们群情激奋,手挽着手筑起一道人墙,没有一个人胆怯和退缩。他们跟随赵一曼高呼口号:打倒帝国主

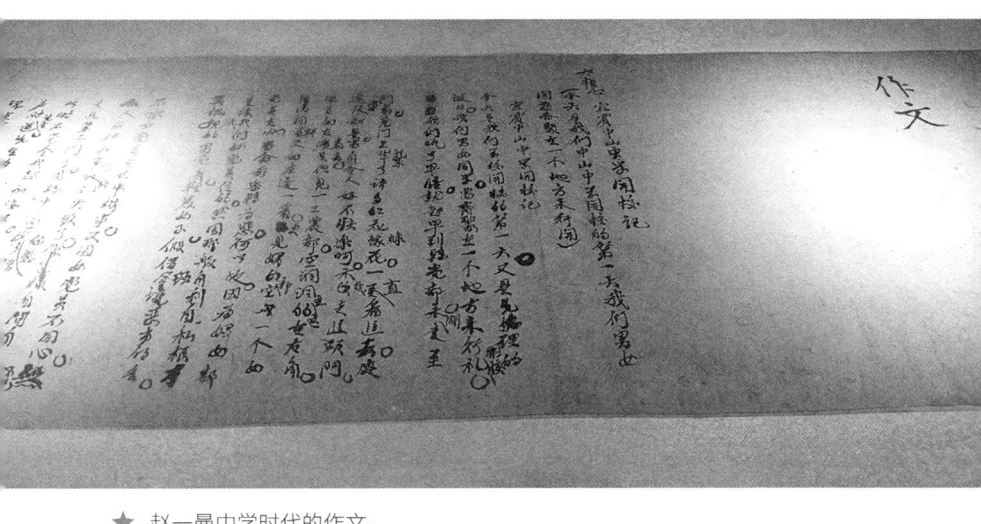

★ 赵一曼中学时代的作文。

义！打倒媚外军阀！坚决抵制"仇货",反对经济侵略！

夜晚,赵一曼带领学生骨干,穿梭在宜宾大街小巷,散发传单张贴标语。

白天,她高举红旗,带领学生示威游行。他们的爱国举动,深深打动了生活在宜宾的市民,不再认为事不关己,纷纷加入学生轰轰烈烈的反帝爱国队伍中。

接着,学生罢课,工人罢工,商人罢市。

宜宾,在沉默中爆发了。

持续 20 余天的反"仇油"斗争,在全国学联的声援和广州国民革命军出师北伐的大革命形势推动下,四川军阀不得不撤了辜勉之城防司令官一职,释放了 14 名被捕的各界谈判代表,以及 10 名看守油轮的学生。答应学联代表提出的条件,保证以后不再贩卖"仇货"。

反"仇油"斗争的胜利,震动了宜宾古城,反动军政不甘失败,学校当局恼羞成怒,他们开除了赵一曼、郑琇石等十几位进步学生。赵一曼带领同学们愤然离校,绝不屈服。她们转而进入刚成立的中山中学继续学习。

中山中学,为培养革命的新生力量而诞生,教师大部分是党团员,而且开创了宜宾男女合校的先河。

意气风发的赵一曼,执笔撰写了《宜宾中山中学开校记》。在学校隆重的开学典礼上,赵一曼代表学生发言:先生为民革命,为革命奋斗,为奋斗而牺牲,先生虽死,先生的精神不死!谁能继续先生的精神奋斗?谁能照先生一样的不怕牺牲?

这个年末的冬季,黄埔军校在武汉成立的分校,首次面

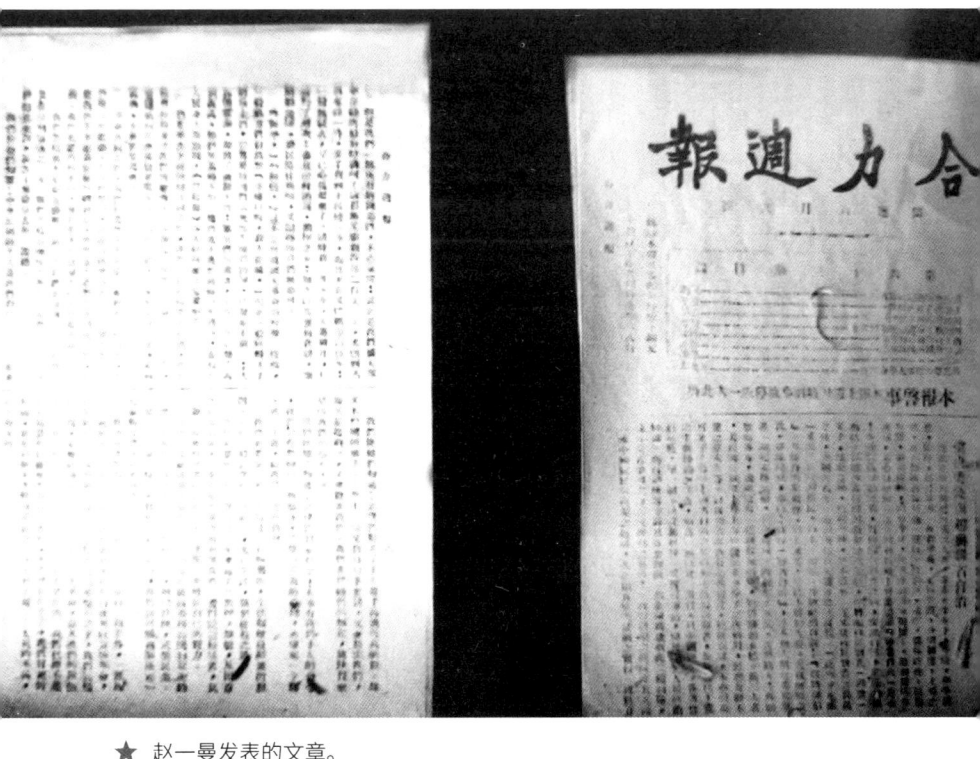

★ 赵一曼发表的文章。

向全国招收女生。中共党组织决定，推荐赵一曼去中央军事政治学校武汉分校学习。

"无穷的远方，无数的人们，都和我有关。"即将奔赴新征程的赵一曼，心中一定涌起无穷的感慨。

"我是四川黄埔军校联谊会的后代。"陈红说自己很为"后代"这两个字骄傲，因为奶奶是中国历史上的第一代女兵——以身许国，生命就是用来为国牺牲！

历史永远是今天的血脉，今天的岁月静好，需要我们加倍珍爱。

当赵一曼革命烈士就是李坤泰、就是陈掖贤母亲这一真相被确认，人民政府民政部及相关部门根据政策规定给家属发放抚恤金及烈士证书，通知陈掖贤去领时，陈掖贤以自己的方式婉拒了。

知道母亲赵一曼是O型血后，陈掖贤检验了自己的血型，如同他所期冀的那样，自己的血型也是O型。对血型没有研究的他，坚定地认为，O型血是英雄的血型。他的身上流淌着英雄血液，如果有一天需要他去选择，一定会和母亲一样，毫不犹豫地选择——精忠报国。

"未惜头颅新故国，甘将热血沃中华。"母亲以诗言志，为国捐躯，以"实行"教育自己的孩子，所以她的孩子没有资格领受这些，唯有继承母亲的遗志与精神。

2005年陈红接受采访时，说到了父亲和烈士证的事情，黑龙江尚志市知道后，立即补办了革命烈士证明书颁发给她。陈红说，这张证书的意义远大于烈士后代的

★ 赵一曼住过的女生宿舍。

★ 陈红与父母和妹妹。

★ 赵一曼烈士证书。

纪念或者证明，以后还是想捐赠给某个纪念场馆，它就是历史的回音壁，要让每一代人都能听到历史铿锵有力前行的步伐。

第四章 阳光女神

是谁说过,美丽容易粉身碎骨。

在赵一曼的身上,我们看到的美丽是坚韧与不屈并肩战斗。

"每天上班,第一眼看到一身戎装的赵一曼,洁白如玉,美丽如初。我站在汉白玉雕像前,凝视着永远美丽、永远年轻的她,感觉自己原本浮躁焦灼的欲望之心,顿时宁静安详了。在心里轻声问候一句,早上好,我的阳光女神,宜宾人民的骄傲。"

"打卡自己心中最美的景点,我的一天就这样开始了。每天与阳光女神相伴,我感觉自己要比同龄人的幸福,独特那么一点点。"

出生于1985年的讲解员杨帆,2008年来到赵一曼纪念馆工作。不同于川妹子的娇小柔媚,杨帆长得高大挺拔,漂亮的大眼睛里透出飒爽之气。她对纪念馆里的每一件展品、每一个细节都充满感情,对赵一曼的理解和讲解有自己独特的方式。

"传说中有一种鸟，它没有脚，所以它只能一直飞。累了，就睡在风里，一生只能落下一次，那就是死亡的时候。这是多么至纯至崇的死亡。都说三十岁是女人最美好的芳华之季，是女人一生中最美和最爱美的年龄。三十而立的女人谁最美？赵一曼！赵一曼的美是无敌的，是历久弥香的，是有品有格的。她的美，有三个层面的高度，精神的高度，思想的高度和颜值的高度。在女人最美好的年龄，抛弃一切为国捐躯，国和家在她心里至纯至崇。"

"同为而立之年，我们享受着盛世繁华，却总是有很多挥之不去的烦恼，总说自己生无可恋，三十而已愁不堪言。我们这代人现在不可或缺的是信仰。想想赵一曼这样的共产党人，即使给她一百次选择，她会一百零一次地选择为自己的祖国流尽最后一滴血。现在的我们，如果面对这个选择，答案是什么？革命英雄主义是什么主义？我们每一个人都在践行吗？"

杨帆语气凌厉，目光咄咄逼人。她停顿了一下，自嘲道，我就是爱激动，思绪万千又缺乏条理性，还老想着学习赵一曼的从容冷静和思维缜密，这就是英雄与常人的差距，遥不可及。

原本学习幼师专业的杨帆，在良好待遇的诱惑下，曾经打算离开纪念馆——工作了12年，依然是临时编制，每月工资不到三千元，去商场相遇喜爱的衣服、化妆品时，实实在在地感受到囊中羞涩。

她默默地与阳光女神做最后的告别——仰望那尊汉白玉雕像，这一眼恍如隔世，这一眼永难相忘。她的心里莫名地

★ 宜宾赵一曼纪念馆。

伤感起来。横七竖八的眼泪告诉她，这个美丽的女神已经是自己生活的一部分，四千多天亲人一样的相伴，从刚来纪念馆的懵懂青涩，到现在的成熟稳重，只有自己最清楚这一路的成长靠的是什么。

滴水成海，热爱亦是如此。杨帆努力靠近赵一曼，赵一曼已然成为她生活的一个部分。善于及时总结的她，把自己对赵一曼的认知分为三个阶段：听说、脑袋、心灵。

生长在宜宾的孩子，迈入小学校门的第一课，就会听老师讲赵一曼的故事，课本上有赵一曼的漫画，但英雄的形象，依然还是模模糊糊。清明节的纪念活动，进一步知道这个人是个大英雄，小孩子心里的英雄人物，就是电影和图书上的直观认识，作文都是千篇一律地歌颂伟大和光荣。

后来，机缘巧合来到纪念馆工作，杨帆开始背讲解词。英雄人物精忠报国浩气长存的一生，就是脑袋里那一堆讲解词。每天面对不同的参观者，一遍遍重复讲解词，从出生到牺牲，好似熟悉了赵一曼的英雄壮举，但随着时间的推移，她明白这种了解是多么片面和狭隘。脑袋里那一堆死气沉沉的文字，没有英雄的灵魂和生命的气息。先不说忘记历史就是背叛过去，杨帆当时有个特别简单的想法：如果没有真正深入到历史的内心，那就真的什么都会忘记，一代一代的人就真的什么都不知道了——不知道我们从哪里来，我们今后要去干什么。

一位逝于 80 余年前的女性，在另一位现代女性的心灵里鲜活起来，缘于那个阴雨连绵的下午。

一群中学生来参观，他们问杨帆："赵一曼知道新中国

★ 讲解中的杨帆。

是什么样子吗?"

"不知道。"杨帆脱口而出地回答他们,沉思片刻又说,"但她知道新中国一定是蓬勃美好的。"

"赵一曼都不知道新中国,那她牺牲的意义是什么呢?"杨帆被这些青春飞扬的中学生问得百感交集。

纪念馆陷入寂静之中,孩子们充满期待的目光看着杨帆。

大家知道赴汤蹈火、为国捐躯、前赴后继这些成语,饱含着生命的温度吗?你们风华正茂的学生时代,首要任务是读书学习。可是赵一曼像你们这么大时,为了读书,为了躲避那个说女子无才便是德、烧了她书报的哥哥,晚上在一个用布缝制的罩子里,点着蜡烛,在烟熏火燎中学习;白天,她躲在后山竹林里读书,无视炎炎烈日和蚊虫叮咬;为了上学,她走了几天几夜,从伯阳嘴走到宜宾县城。那个年代的山路能叫路吗?因为赵一曼知道知识改变命运,知识是照亮自己前行道路的灯塔,所以做任何事情都坚韧不拔,执着于自己的目标,给理想插上飞翔的翅膀。

最近一则新闻,有位学霸女生考试成绩一直是年级前三,高中两年都保持这个水平,但升入高三后成绩开始滑落,十名之后,三十名之后,五十名之后,她从楼顶一跃而下,结束了她遗书中自认为的痛苦。她的痛苦就是因为成绩考不好而让许多人失望,实现不了自己的理想,她的理想又是什么呢?她给自己为实现理想而努力的机会了吗?

为了新中国,先烈们甘洒热血死不足惜,赵一曼们没有看到新中国,但他们理想中的新中国就是我们现在幸福生活的模样。

祖国被侵略者的铁蹄践踏，国破家亡的时刻，正是有像赵一曼这样舍生忘死，用血肉之躯去战斗的先烈，才有今天的你们，坐在教室里无忧无虑地上课，放学后愉快地踢球玩游戏吃炸鸡。

这就是赵一曼牺牲的意义。

杨帆说自己那些天连续失眠。在纪念馆的时间越久，思考的问题就越多。

"在赵一曼纪念馆当解说员，可以说是今生最光荣的职业。这个工作不是你抑扬顿挫的普通话有多标准，你的解说词背得多么滚瓜烂熟。讲解词只是了解英雄的开始，逐渐地，她会从一个高大的、神一样的形象，变成一个鲜活的人，有生命力量的人。赵一曼所有的故事都因各种历史渊源发展而来。挂在纪念馆展厅的每一张照片后面的故事，我都想要用心去搜寻，与她有关的一切，都渴望去了解，自然就开始研究那段历史，逐渐理解她为什么成为英雄，成为独一无二的赵一曼。你了解到的历史，最后都与自己息息相关，成为自己生活中不可或缺的一部分"。

"生命是一朵花，总是要凋零的，但在开放的时候，一定要绽放出最鲜艳的颜色。所以，我时常冒出这样的想法，最能感动人的，一定是鲜活的灵魂，她就鲜活地站在你面前，美丽的容颜，柔情的女人，伟大的母爱，高贵的头颅，爱自己的祖国胜于生命，鲜活的生命向死而生，这一切就是一个活生生的赵一曼，百年不死，永生在一代又一代中国人的心里。"

"她的笑容在你眼前，她富有强烈感染力的演讲声在你耳边，她如饥似渴学习知识的身影就在馆里的小花园——我给每一位来纪念馆参观学习的人，讲的都是一个活着的赵一曼。"

1927年的武汉是一个经济和政治都繁荣的城市。

此前一年的10月10日，北伐军攻克了武昌，已受围攻40天的武汉三镇被全部占领。全国的革命浪潮由珠江流域席卷到长江流域，国民革命政府从广州迁到了武汉。

初来武汉的人们，都被这座与江湖相连的城市独具的魅力所吸引，流连于大街小巷的繁华喧嚣中。

赵一曼和四川同来参加黄埔军校复试的同学们，住在武昌斗级营街的小旅社里。初到武昌的年轻人经不住灯红酒绿的诱惑，结伴而行逛街看景。赵一曼却把自己关在旅馆里，心无旁骛地复习功课。

复试在武昌的两湖书院进行。书院由晚清洋务派代表人物张之洞创办，如今已成学校校区，弥漫着浓郁的文化气息。

黄埔军校的文化考试和体格检查，严格认真地进行择优劣汰的筛选。最终，赵一曼和213名女生被录取，成为中国有史以来真正意义上的女兵。

女兵中年龄最小的17岁，最大的30岁，赵一曼彼时用名李淑宁，时年22岁。

黄埔陆军军官学校创办于1924年6月16日，隆重的首期学员开学典礼在这一天举行，因校址设在广州黄埔，故称"黄埔军校"。它是中国近现代史上第一所培养革命军事人才的摇篮，也是国共两党首次合作的学校。造就了一大批改变中国命运的政治军事人才，培养了许多在抗日战争和国共内战中著名的指挥将领。孙中山将创建革命武装作为革命的一件大事。他说，中国革命所以迟迟不能成功的原因，就是没有真正的革命武装队伍，我们的革命只有革命党的奋斗，没有革命军的奋斗。成立了革命军，我们的革命事业便可以成功。此为创办黄埔军校的主旨，也是黄埔军校的使命。

北伐开始之后，黄埔军校先后设立了"长沙分校"和"武汉分校"等。

进入黄埔军校的赵一曼，被编入政治大队女生队第一中队。女生分为一个大队，下设3个中队，9个分队。

女兵军旅生涯的第一课，就是剪短发换服装，不许涂脂抹粉。有些在家是娇小姐的女孩子，抹起了眼泪。早在宜宾二中就剪短头发的赵一曼，劝慰身边的同学，只有剪掉长发，穿上军装，才像革命军人才能上战场。现在忍痛剪长发，也是对我们革命意志的一种考验。

军令如山倒，姑娘们漂亮的辫子瞬间落地，全都剪成了"陆军头"，和当时男兵的发型一样，右边头发多一点，左边头发少一点，换上军服后，大家很是兴奋，分不清你我，分不清男兵女兵。

武汉的《民国日报》对这一天有浓墨重彩的记载：1927年2月12日，黄埔军校武汉分校第六期学员在两湖书院举行了开学典礼。身着深灰色军装，打着绑腿的女生，与男生并肩持枪列队。宋庆龄、何香凝、吴玉章等出席了典礼大会。学校的代理校长是邓演达，政治总教官是恽代英。恽代英在主席台上问学员们："大家到黄埔军校想学什么？"

"学革命。"男女兵在台下齐声嘹亮地回答。

军校生活纪律严明，雷厉风行，号令就是命令。吃饭都是军事化，只要队长放下筷子，学生们必须全体起立，没有吃完饭的人要受到批评。早上5点半起床，训练、学习至晚上9点半就寝，中途几乎没有休息的时间。

这些敢于挑战传统的女性，一切都和男生一样，艰苦训练军事技术，刻苦学习军事文化。她们向封建的社会证明，女性已经彻底觉醒，要做自己的主人。

远在苏联的斯大林，关心着中国革命的一举一动，听说武汉军校招收了女生，非常惊奇，要求军校拍张照片寄给他看。因此，213名女生拍了照片，赵一曼和第一代女兵珍贵的图像资料得以留存下来。

赵一曼从内心深处热爱自己的军校生活，身材娇小体质偏弱的她，洒下了比别人更多的汗水。在高强度的军事训练和学习中，她以永不服输的意志战胜自我，熟练掌握了各类军事技能和学科。

蒋介石叛变革命后，武汉的国民党右派挑拨离间共产党和人民群众的关系，企图消灭共产党，用卑鄙下流的手段诋毁共产党培养的女兵形象，反革命势力气焰十分嚣张。为此，学校组织了宣传队，由赵一曼带领到武汉街头宣讲共产党的革命精神和政治主张，唤醒民众对反革命罪恶阴谋的认识。

风雨无阻的艰苦训练、紧张的学习和街头宣讲，使赵一曼劳累过度，她肺病复发，咳血发烧，陷入昏迷，被学校送进医院治疗。

★ 黄埔军校女兵合影,标记处为赵一曼。

冷峻的历史，总是出其不意地发生着急剧的变化。

1927年4月12日，蒋介石在上海发动了反革命政变，白色恐怖笼罩全国。驻守湖北的国民革命军独立第十四师师长夏斗寅，在蒋介石策动下，勾结四川军阀杨森从宜昌向武汉进攻，企图里应外合颠覆武汉国民政府。

在革命形势危急的关头，黄埔军校决定男女学员编为中央独立师，由叶挺率领，西征反击夏斗寅叛军。

女生队一部分编为救护队，一部分编为宣传队。战斗中，战士们收复了哪些地方，女兵就在这个地方重建工会、商会、农会和妇女协会，发动群众起来反抗夏斗寅镇压反革命的斗争。

出征时，湖北省妇联赠送将士的锦旗上写着：革命前锋，杀尽敌人。组织起热情高涨的群众队伍，隆重地欢送他们。

被编入宣传队的赵一曼，代表女兵队宣誓：愿以滴滴鲜血与生命，赢取西征的胜利。

此前，学校没有安排住在医院治病的赵一曼参加西征战斗，但当赵一曼得知消息后，火速从医院回到学校，坚决要求参战。她激动地说："在这个关键时刻，血与火考验着每一个革命战士，我怎么能够安心养病？养兵千日用兵一时，为国而战，命不足惜。"

在与夏斗寅叛军展开激战的34天里，女学员们虽然没有与敌人正面交战，但在风雨兼程的急行军中，每个人都是坚强勇敢的战士。她们身背肩扛武器和干粮，翻山过河风餐露宿。经过村庄时，面对苦难深重的群众，她们揭露反革命政府、封建劣绅残酷压榨老百姓的反动罪行，宣传妇女追求解放和独立的思想。

女兵谢冰莹在西征途中创作的《从军日记》，不仅轰动了全国也震惊了世界。法国大作家罗曼·罗兰向谢冰莹致敬，对她说："不要悲哀，不要消极，不要失望，人类终究是光明的，我们终会得到自由。"

身体还没有完全康复的赵一曼，行军途中日晒雨淋、步履维艰，令她痛苦不堪。但她坚韧地默默承受，在心里鼓舞自己：坚持就是胜利，不能倒在行军途中，这是考验自己意志力的时候。战士在疆场，没有伤与痛，只有生与死。她轻轻捋着头发，仿佛捋掉了病痛，捋走了行军途中所有的艰难和困苦。

热情高涨也极度疲惫的同学们，竟然没有一人看出赵一曼的身体不舒服。目标明确的赵一曼，从上军校的第一天起，就做好了不屈不挠，接受一切严峻考验的准备。

西征取得了胜利，但在学员们凯旋武汉时，汪精卫突然叛变革命，校内国共两党学生公开对抗，武汉形势不断恶化，共产党人基本撤离了武汉。

为了保存革命实力，身为共产党员的政治总教官恽代英，召集女学员开会，宣布女生队提前结业。军校男生大部分被编入教导团，女生大部分发放路费遣散回家，少数党团员留队编入教导团。

赵一曼近半年的军校生活就此结束。老乡同学段福根劝她："当初一起乘船来，现在一起回家乡。国内形势这么乱，还是保命紧要，回到家再商议以后的事情。"

赵一曼态度坚决地说："绝不相信共产党的革命会失败，

★ 赵一曼穿过的乌拉鞋。

既已走向这条道路,决不回头。"

世界上第一个女性参军的国家是苏联。"二战"时期苏联男性伤亡惨重,不得已女性穿上军装,加入卫国战争中。至此,女性参军的历史拉开序幕。

中国历史上第一代女兵的军旅时光,虽短暂但绚烂。从开始到结束,仅仅6个月,其中的一个月是在血与火的战斗中。军旅锻造了她们,从普通女性锤炼成钢铁战士。正如徐向前元帅当年为第一代女兵题词所言:她们不愧是中国民主革命中一支坚强队伍,妇女解放运动的模范。

信仰、希望和爱是人类永恒的东西。巾帼英雄的心中,漫卷着信仰的红旗,她们牺牲所有而为之奋斗。黄埔女杰中的代表人物赵一曼、游曦、胡兰畦、谢冰莹、胡筠、曹杰、张瑞华……注定将被载入史册。

7月末,党组织安派赵一曼跟随张发奎部队离开武汉,开赴南昌参加武装起义。

途中,她的肺病越来越严重,不得不脱下军装,打扮成普通老百姓住进当地医院治疗。

躺在病床上的赵一曼心急如焚,病情稍有好转,她就把自己化装成逃难的农妇,辗转来到白色恐怖中心——上海。

在上海,赵一曼看到了血淋淋的残酷斗争,到处都是"宁可错杀三千,不可错放一个"的反革命口号,每天都有同志被暗杀,也有懦弱者叛变。

此时的赵一曼已是意志坚强的女兵,信仰坚定的共产党员。白色恐怖中,她来到一个四川同乡家,以做佣人和家庭教师为掩护,和上海的党组织取得了联系,等待投入新的战斗中。

不久，党组织决定，派她去苏联莫斯科中山大学学习。

赵一曼的激动和兴奋，可想而知。她把这个好消息写信告诉了远在宜宾的二姐李坤杰：我童年时代"游洋"的梦想就要实现了。

赵一曼不知道，此时家乡宜宾也笼罩在白色恐怖之中。大姐夫郑佑之被反革命四处追杀，二姐被反动派逼迫得离家出逃。昔日安宁的故乡，危机四伏，杀气腾腾。

宜宾赵一曼纪念馆，坐落在繁花似锦、满目春色的翠屏山上。翠屏山是国内著名的城市森林公园，因山色苍翠，望之若屏而得名。半山腰有一处古木环抱、书墨飘香、历史古老的翠屏书院。1960年翠屏书院改建成"赵一曼纪念馆"，朱德总司令题写了馆名。2008年作为全国百个红色旅游景点之一，首批免费对外开放，现在每年有60余万人前来瞻仰参观。

在打车去赵一曼纪念馆的路上，出租车司机是一位健谈的中年男子，有着良好的职业素质，言谈举止中流露出热情。他说翠屏山是宜宾人最喜欢去的地方，宜宾是一座来了就想买房，住一辈子都嫌短的古城。他说宜宾名扬全国的是一个人，一瓶酒，一碗面。

抗日民族女英雄赵一曼，你知道吧？受尽酷刑宁死不屈，牺牲在东北那么遥远的地方，她是我们宜宾人的骄傲。

那瓶酒你肯定知道，就是"一滴沾唇满口香，三杯下肚浑身爽"的五粮液。

★ 莫斯科中山大学旧址。

至于那一碗面,吃货们顿顿打卡都不厌的宜宾燃面,现在也火遍全国。

司机的笑声很特别很夸张,满脸傲娇。

当知道我要去赵一曼纪念馆时,他再一次骄傲地说:"我就是宜宾二中毕业的,和赵一曼是校友,这是我这辈子最最最值得骄傲的事情。"他满脸兴奋地连用几个"最"字。

这是2020年闷热的8月末,席卷全球的新冠肺炎疫情远未结束,学生还在放假,学校大门紧闭。江城的风光在车窗外一闪而过,司机师傅兴致勃勃讲着他引以为豪的宜宾二中。

"我们二中是百年老校,进入校门就能看到一曼文化长廊。新生入校的开学典礼,初三毕业典礼和入团仪式,都要在赵一曼塑像前宣誓,庄严神圣。学生的文明礼仪教育就是,爱祖国,爱家人,爱自己,爱自然。一曼精神伴我成长,争做'求真少年',是我们二中学生的精神指引。

"现在我最怀念的是学生时代的清明节,去赵一曼纪念馆的祭奠活动,和去烈士陵园扫墓,这个日子让一颗少年的心,在等待和进行的时间里,整整激动半个多月。

"扫墓回来老师会在课堂上提问,让你说自己的感想,老师和同学们互动谈感想,或者就在课堂上写一篇小短文,体裁不限,日记也可以。那个时候都是在课堂上完成,你去哪里抄写呢?所以,你在参加活动的时候,要认真地用眼睛看用心记。你不仅记住了烈士的姓名,记住了烈士悲壮的故事,更明白了今天幸福生活来之不易。所以,从小学习、铭记历史,这些点点滴滴的铭记,真正融入了少年的成长史。

"现在，清明节娃娃们去烈士陵园，他们脑壳里记住了什么呢？唉，就说我自己的娃儿吧，他高兴的是这一天不用上课，可以放松耍，光明正大的一顿野炊，一周的时间都惦记着让我们给他买好吃的零食。活动回来也是在家写篇作文交差。娃娃们玩手机精明得很，打开网页想找什么有什么，那个搜索引擎就是十万个为什么的师傅，娃娃们根本不用过脑壳，更不要说心里记住什么了，历史在他们嘴里就是两个汉字。"

司机师傅说得感慨万千，忧心忡忡。

记住历史，其实就是明确自己人生的方向，让现在的生活更加美好，成长的过程需要岁月来积淀。我们坚信，历史和每一个人都会在某一个时光里，不期而遇。

何涛出生于1993年。自嘲为宜宾后浪的他，第二次考入赵一曼纪念馆工作，是一个喜欢读历史书籍、性格比较含蓄的小伙子。他说自己普通话不够标准，正在向老讲解员学习，需要努力提高的不仅是业务能力，最重要的是自身学养，因为自己工作的单位意义非凡，是传承红色教育的地方，是传颂民族英雄赵一曼的纪念馆，自己首先就要对得起"传"这个字。

赵一曼令人难忘的是她温暖而有力量的目光，特别打动人心。这是何涛27年有限的阅历中，所见过的女性里最美最传神的眼睛。何涛说自己认真仔细地对比观看了赵一曼的两张照片，一张是她和宁儿分别在即的合影照，一张是她被捕后，躺在病床上非常虚弱的照片。两张照片的眼神，都是看着前方，平静中有淡淡的笑意。她平静的眼神在看什么？内

★ 宜宾二中新团员宣誓仪式。

心波澜深邃吗？她思索的是什么呢？直面生死，赵一曼平静的微笑震撼人心，让这个"90后"男孩子敬仰的眼泪横飞。

不管从哪一个角度，都能看到赵一曼眼睛里的天空和阳光。何涛坚信，当年伪警察董宪勋，就是从赵一曼的眼睛里，看到了美好的未来，看到了那股神奇的力量，看到了"山区"火热的生活，才义无反顾地帮助她出逃。

赵一曼看到的前方，一定是她为之奋斗和献身的崭新世界。她淡淡的微笑，是面对国破家亡，无畏无惧地泣血而战。她是一个像太阳一样散发光芒的女性，身体虽然柔弱，但强大的内心安如泰山，百折不屈的意志坚如磐石。

在纪念馆工作时间久了，大家都会设想着，如果自己与英雄同处一个时代，会有什么样的选择？何涛想，自己身处和平盛世，如果有一天祖国召唤，毫无疑问，他会热血沸腾奔赴前线，像赵一曼那样从容直面死亡——

同学聚会，何涛将话题引入英雄时代的选择。他认真地说：每个人必须只有一种选择。

"90后"们热烈地开始了"抉择"，答案一致：热血奔涌，为国尽忠。忽然，有人大声说，赵一曼永远是我头顶的太阳。如果直面生与死，我不知道自己能否坦然面对死。还有人提出了非常现实的问题，如果革命需要无偿捐献家里的全部财产，大家能一腔热血捐尽所有吗？

沉默片刻，"90后"们举起啤酒杯相碰，高声喊道："捐！"

何涛带头唱起了《我爱你中国》。

那一晚，情绪高涨的"90后"小伙子们，喝着啤酒唱着歌。宜宾的夜空，激动地炸响着春雷。

何涛对赵一曼充满景仰和热爱。人生最幸福的事情，就是你所从事的工作是你内心最感兴趣和最喜爱的。现在，尤其面对"00后"讲解，让他们学习赵一曼精神，就是要勤奋学习，用知识武装自己，做一个有志向的青年。

何涛要用他最平凡的语言，讲述英雄最英勇的故事。他最朴素的想法是，做身边人的小太阳，做工作中火热爆发的小宇宙，让历史和今天的手，紧紧相握在一起。

当华美的叶片落尽，生命的脉络才清晰可见。

专科学校毕业的何涛，第一份工作是在五粮液酒厂。他边工作边报考了电大法学专业，勤奋刻苦了一年时间，顺利拿到了毕业证。工作几年后，对于这种重复的流水线操作工种，感到枯燥缺乏热情。辞职后，看到赵一曼纪念馆的招聘启事，他心中的小火苗燃亮了。在学校就喜欢朗诵和演讲的何涛，面试时发挥出色，顺利被纪念馆录用。他永远不会忘记到纪念馆正式上班的日子，2016年10月16日，因为再过9天，就是赵一曼的生日。

知道多少过去，就能知道多少未来。仰望着纪念馆前赵一曼的汉白玉雕像——近乎于完美的女神，眉如远山，目光冷峻，有着动人心魄的魅力。这位出生于百余年前的英雄，美在这种不屈的气节里，永远年轻。

然而半年后，因为家庭的原因，何涛虽有万般留恋，但经不住家人的劝说，辞职回家帮助父亲打理生意。这一段在家的日子，何涛说自己无论做任何事情，仿佛都看到赵一曼在前方注视着自己。如果做不了一个高尚的人，一定要做个

★ 宜宾纪念馆讲解员何涛（右）。

诚实守信的人。

生活中的挫折和不如意时常发生，但无论身在何处，何涛心里都会默默想念赵一曼纪念馆，想念那一块升华自己灵魂的地方。

虽然身在家中，但何涛的心思依旧在纪念馆。他利用所有的闲暇时间，查阅、记录和学习有关赵一曼的史料与传记。英雄的思想只能仰望，但从文字中可以逐渐走近——

赵一曼的成长之路，精进不休，极具飞跃。深远的见识，超前的思想，犀利的文笔，惊天地的呐喊，注定了20岁的赵一曼，不会被那个时代封闭守旧的家乡所接受。她心中充盈的诗和远方，是平庸之辈无法企及的灵魂高地。

> 社交公开，男女平等的呼声，早已灌注于一般人的耳鼓，但至今尤未见诸实行，并且还有大多数的女子——尤其是青年女子，深深感受无穷的悲哀，无穷的痛苦！（我也是其中之一）唉！——大家协同努力，为我们青年男女求平等的幸福，——我今把我良心上的几种要求，公布于全国兄弟姐妹之前，请求赞助！——总之，我们以前是"事事不能过问"，我今后"非事事过问不可"！

20岁的赵一曼，生活在闭塞山村的弱小女子，叩问苍天，抨击呐喊，她似乎就是为了打碎那个黑暗的旧世界而生。

何涛搜阅着1925年4月19日的上海《妇女周报》，95年前的报刊古老却朝气蓬勃，赵一曼奋笔疾书的《青年女子与国民会议》一文中的每一句话都让今天的"90后"振奋，何涛躁动迷茫的心渐渐安宁并有了方向。

——全国有良心的诸君，都必须赞成我以下所提出的要求而指示其策略。

（1）废除一切束缚我们女子的东西，尤其是压死青年女子的旧礼教。

（2）社交公开：女子有通信的自由，蓄发、剪发、择业、结婚、离婚种种绝对自由。

（3）男女求学的机会须相等：不惟自小学以至大学，均系撤底开放，并须严定父母——尤其是兄嫂阻止青年女子求学之法则。

（4）男女身份平等。女子须有继承袭产权，不单是分产。须有执政权，不单是参政，凡应公开的更不得借口"年幼"，不使我辈青年女子参加或预闻。

（5）普及女子教育，特别要注重青年女子。并废除贤妻良母之教育，严禁宗教徒对于青年女子之诱惑与迫害。

（6）有志求学而力不足的青年女子，国家或地方，均当供给以入学的费用。

敢为天下先的赵一曼，为受尽苦难的妇女们，敲响了女性追求解放的警世钟声。她呐喊的每一条，充满了斗志和激情，尖锐地警醒着苦难深重的女性，为了心中不灭的理想，为了生活的光明与幸福，绝不能苟且于现实的黑暗。她的深刻与勇猛,像灯塔照亮黑暗的世界。

何涛不敢相信自己的眼睛,这如刀剑一样的文字,来自95年前,那个生活在大山乡村,智慧而瘦弱的赵一曼——

(7)禁止蓄童养媳,禁止纳妾、蓄婢。立法严惩拐卖幼女弱女,及虐待妻妾婢媳,以振刷恶俗。

(8)禁止奖励虚伪之贞洁主义,如旌表节孝等,尤其是过门守节。提倡再婚妇女与处女一体受社会上之待遇。

(9)不惟女工与男工做同样的工当得同样的报酬,即青年女子和做了成人一样的工作,也当的一样的工资。

(10)女工月经期间,厂主当加以优待,不得强迫做工,更不得扣减工资。

(11)女子妊孕期内,不得做工;并须由国家供给以充足的生活费。

(12)废除娼妓制度,禁止穿耳、缠足的恶习惯。取缔妖淫装饰品。

(13)为使我们的要求有力而实现起见,国民会议须尽量参加妇女团体,尤其是青年女子的代表。

全国感受压迫的姐妹们——解放的第一步,便是:大家团结起来,促成我们的国民会议!

十四年二月二十三日
于宜宾观音镇

心中有天下,才能看到黑暗与光明。

赵一曼思绪观古今，笔落惊雷雨，为中国受压迫几千年的妇女鼓与呼，向封建的黑暗势力猛烈开炮。她倾注心血的13条呼吁，每一条都来自她对女性同胞伟大深沉的爱。赵一曼所有的呐喊与企盼，在她牺牲13年之后，中华人民共和国的诞生，实现了烈士渴求女性解放的全部梦想。

透过斑驳流年，何涛渐渐地看到，赵一曼文采飞扬的日记、信件，思想深邃的杂记、歌词和诗歌——抒发着她对革命信仰的坚定和执着。但这些珍贵文稿保存下来的很少，无法集结一部赵一曼文集。今天的我们，只能在仅存的文章中领略民族女英雄笔墨横姿、气壮山河的文采。

鸡蛋，从外打破是食物，从内打破是生命。人生，从外打破是生命，从内打破是成长。何涛开始思考，自己应该从哪里打破。

一年半之后，何涛决定继续去纪念馆当讲解员，因为那是自己喜欢的工作。每天早晨睁开眼睛，想到自己所做的事情与英雄息息相关，顿时觉得人生意义深长。赵一曼纪念馆与生俱来的红色气质，早已浸润场馆的角角落落，组织上入党是一生一次，思想上入党是一生一世。用一生践行初心，用一世担负使命。

何涛把自己的决定告诉父母时，双亲理解和支持儿子的选择。何涛再一次通过应聘考试，来到赵一曼纪念馆工作。

赵一曼的一生很短，短的来不及陪伴自己的孩子长大成人；但她的生命又如此漫长，万古千秋，辉映着我们不朽的岁月。她的眼神历经百年，穿越山河，依然温暖如初。

《你的眼神》——站在塑像前，何涛轻声哼唱起这首经典老歌——"虽然不言不语,叫人难忘记,那是你的眼神,明亮又美丽……"

赵一曼丰盈的爱情倾城倾心,是"90后"何涛和他的小伙伴们心生向往的、人世间沧海桑田的真爱。

赵一曼在22岁这一年,迎来自己人生的重大转折。军校当兵,留学苏联,邂逅爱情——

花落风定,时光有爱。

1927年的9月,夏秋之交,风雨飘摇。这个注定不平凡的9月,"秋收时节暮云沉,霹雳一声暴动"。毛泽东领导了著名的湘赣边界秋收起义,建立起农村革命根据地,为中国革命开辟了一条农村包围城市、最后武装夺取政权的道路。

这个9月的一天深夜,细雨连绵的上海吴淞口码头,手拎小藤箱的赵一曼和40多名青年党员,在万籁俱寂的暗夜里,登上了一艘苏联的商船。

甲板上,望着在夜色中渐渐远去的上海,赵一曼的内心和眼前的波涛一样汹涌澎湃。儿时的梦想,青年的追求,心中的理想,残酷的革命斗争,渐行渐远的祖国和即将踏上的红色革命圣地——苏联,这一切都让她看到了附丽于存在的希望和光明。大海中颠簸的船只,让赵一曼感受到了海浪的品格,无数次被礁石击碎,又无数次地扑向礁石。

人,革命党人,何尝不需要这种海浪的精神和品格!

太平洋中的巨浪和颠簸,让大病初愈的赵一曼眩晕、呕吐,五脏六腑翻江倒海。更让她始料不及的是,那个传说中

★ 赵一曼发表文章的《女星》报。

天荒地老的爱情，含笑不语，姗姗而来，来得有些让人措手不及。

湖南人陈达邦，大赵一曼五岁，他们同为黄埔第六期学员，但之前从未谋面。行程中，为了便于管理，学员们10人编成一组，陈达邦是赵一曼这一组的组长。细心的陈达邦看到身体瘦弱、一路饱受晕船之苦的赵一曼，温暖地安慰和鼓励她，端水送药，无微不至。

博学、稳重、思想成熟的陈达邦，减轻了赵一曼旅程劳顿带来的病痛。他们谈天谈地谈理想，凝视大海，也偶尔悄悄地彼此凝视。目光中，弥漫着玫瑰的幽香。到达符拉迪沃斯托克后，他们又换乘火车，在西伯利亚大铁路上奔波了十多天后抵达了目的地——莫斯科。

莫斯科中山大学，中国近代史上著名的留学学校。位于克里姆林宫附近，莫斯科河西岸列宁山上。成立于1925年，学制两年，由苏联政府、共产国际和红色工会国际共同创办，培养出王明、博古、张闻天、邓小平和蒋经国等两大政党的重要人物。学校专收中国进步学生，目的是为中国革命培养人才，已有600多名青年党团员在这里留学。由于当时的国际环境，中山大学处于秘密状态，不对外公开，没有挂牌。组织考虑到这些年轻共产党员回国后的安全问题，要求他们取一个俄文名字。赵一曼彼时用名李一超，俄文名叫科斯玛秋娃，她被编入第六班，档案馆记载着学生证号为：807。

个性鲜明、爽朗率真的赵一曼，很受同学们喜欢。因为她的"战士"短发，加之不喜欢妆扮，风中的头发朝着

★ 陈达邦,湖南长沙人,毕业于黄埔军校第六期,1927年9月赴莫斯科中山大学学习。

不同方向飞扬,就像"毛栗子"一样,同学们亲昵地喊她"毛栗子"。

1927年11月7日,苏联十月革命十周年纪念日。为了让这些优秀的年轻人尽快了解苏联社会主义革命,留学生们参加了盛大的纪念活动。其间,还参观了莫斯科的学校、工厂和集体农庄。

这就是光明的社会主义!赵一曼深受鼓舞,想到了早年大姐夫郑佑之描述的"理想之国"。在这个遥远的国度,太阳的光芒照亮了所有的事物,赵一曼心中升腾起对祖国的无限眷恋和希望。她将面对新的学习环境,即使困难如山,也要凭借意志力,冲破所有障碍,早日学成,回到灾难深重的祖国,让思想唤醒民众,民众就是力量。以血肉之躯点亮黑暗,黑暗一定会被打得身碎骨碎——

莫斯科的冬天雪虐风饕,煎熬着患有肺病的赵一曼,每一天都在考验她的忍耐力。随着学习生活的开始,意料之中的困难接踵而来。学校设置的课程很多,必修课有中国革命问题、政治经济学、游击战争、俄文等,要想听懂老师讲课,首先要攻克语言关,从没接触过俄语的赵一曼,被眼花缭乱的俄文搅得头晕脑涨。此时,如兄长一样温暖的陈达邦,留意观察着赵一曼所面临的困难,及时给予她最大的帮助和鼓励。

对于陈达邦的关心,赵一曼充满了感激之情。芳华之年的她,心中也溢满了甜蜜的感情,还有对爱情的憧憬。但转念一想,党组织派自己到莫斯科是来学习的,谈恋爱会影响到学习,一定要斩断自己心中的杂念。内心做着纠结争斗的赵一曼努力克制自己的感情，尽量回避与陈达邦见面。

然而，亘古的爱情，从来都是奋不顾身的。刚说再见，又想再见，即使钢筋铁骨的赵一曼，也无法阻挡柔情如水的爱情缠绕。

赵一曼毅然为自己做出最果敢和最大胆的决定：结婚。与爱人陈达邦执子之手，共同奋斗。

1928年4月，经过党组织批准，陈达邦和赵一曼在莫斯科结为伉俪。收获爱情之后，赵一曼全力以赴完成繁重的学习任务。然而生活上的艰苦和恶劣的气候，使她的肺病再次复发，病情日益加重，常常咳血。

陈达邦很是心疼，想替她请假休息。赵一曼坚决地制止了，她用坚韧的毅力，坚持到本学期的考试结束。

8月暑期，在党组织的安排下，夫妻俩来到苏联南部的克里米亚海滨疗养。有丈夫陈达邦体贴入微的呵护，这是赵一曼此生最美好安宁的一段时光。

位于黑海之滨的疗养院，碧波荡漾，景色迷人。甜蜜的生活中，赵一曼积极配合药物治疗，两人有计划地进行学习，陈达邦还在自学法语。

幸福的日子里，他们迎来了爱情的结晶。

怀孕后的赵一曼，反应很大，呕吐不止，病情也随之加重，严重影响学习任务的完成，她想到了回国。

彼时的国内，党组织计划在宜昌建立联络站，需要有革命经验的妇女干部。组织考虑到苏联寒冷的气候，对赵一曼病情恢复不利，更不能承受繁重的学习任务，同意她提前结束学业，回到国内工作。

陈达邦得知这个消息后，内心很焦虑。他非常担心妻子的身体难以承受长途跋涉的辛苦，便苦口婆心地劝导妻子，要么等生完孩子再回国，要么两人一起走，路上有他照顾，心里也踏实。

赵一曼是个性格坚定、做事果断的人。她看着丈夫，温和地说："我的学习半途而废了，但你的学习非常重要，一定要坚持到底。咱们夫妻分别是小事，你的学习是大事。服从组织的决定，我们党员是不可以讨价还价的。"

分别在即，夫妻两人依依不舍，相互千叮咛万嘱咐。陈达邦把自己身上仅有的两样物品，一块怀表、一枚金戒指，送给赵一曼。他体贴入微地说："这个你带着，在生活或工作遇到困难的时候，可变卖了做急用。"

此时的赵一曼泪眼婆娑，看着丈夫把身上仅有的两件值钱物品给了自己，他遇到困难怎么办呢？赵一曼犹豫着没接。陈达邦明白妻子的心思，把东西放进妻子的小藤箱里。

"国内局势很乱，如果遇到什么困难，就去找我妹妹陈琮英，或者去长沙湘记会馆，他们都会帮助你。"陈达邦看着娇弱的妻子，担忧她的未来，心中充满万般牵挂。

"放心吧，困难压不到我，我会带好咱们的孩子。如果条件实在不允许，我再想办法，或送回老家去。"赵一曼安慰丈夫的同时，也考虑着自己无法预测的未来。

"如果需要寄养就送到我堂兄陈岳云家，他和堂嫂没有孩子，家里经商条件好，我们兄弟感情也很好。"

"达邦，你安心学习，我和孩子在国内等你回来。"

赵一曼情深意长地告别，心中期盼着夫妻团聚，还有他

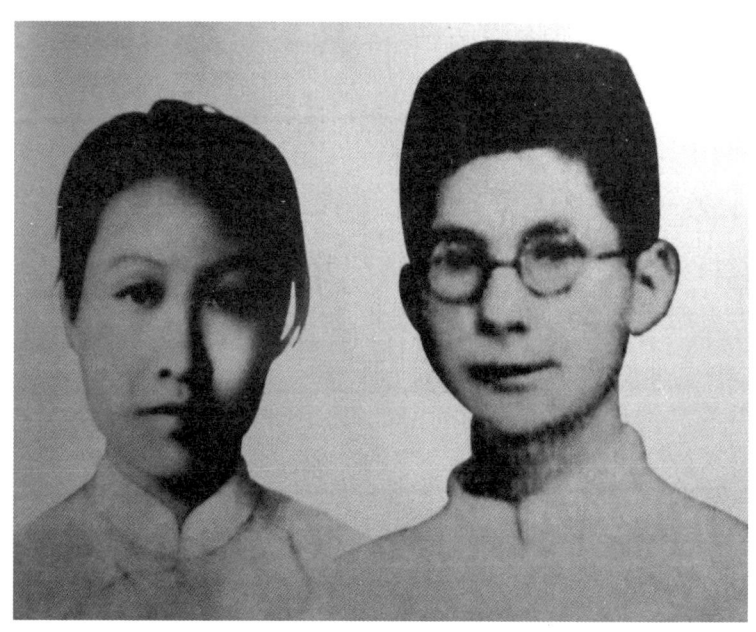

★ 赵一曼与陈达邦。

们的孩子，那将是世间最美满的幸福。作为共产党员，尽管做好了随时牺牲的准备，但谁能阻止那颗向往幸福和美好生活的心呢？

他们没有意识到，恩爱的夫妻生活会在此刻戛然而止。这一刻深情的告别，就是今生最后的诀别。

11月的上海，在凛冽的寒风中，迎来了党的女儿赵一曼。她经历踏冰破浪，寒冷颠簸，千辛万苦的旅途，终于回到了祖国。

一个月后，赵一曼接受党组织派遣，拖着身孕，只身来到湖北宜昌，建立党的联络站。

素有"川鄂咽喉"之称的宜昌，是内地通往四川的要道。秘密联络站的主要任务是为党转运文件，接应、护送往返于西南各地与上海之间的地下组织的干部。

92年前的宜昌街头，寒风中的赵一曼，拖着笨重的身体来到宜昌大南门一带的江边，在狭窄泥泞的街巷，租住在一间木板棚房里。这里是码头搬运工人的聚居区，住着贫苦的工人家庭，周边环境相对安全。

开始独自洗衣、做饭，到江边提水的赵一曼，像一个普通的当地妇女，过着简朴的生活。她也像当地妇女一样，把萝卜切片再穿串，挂在屋檐下晒干吃。因为孕妇的身份，更好地掩护了她的地下工作。赵一曼首先与邻居大嫂建立了友善的关系。这是一个孩子多、生活困难的码头搬运工人家庭，赵一曼帮助他们看孩子，一起做家务。因此，码头工人也常常给她讲些当地发生的奇闻怪事。

★ 宜宾赵一曼学院。

由于生活经费不足，赵一曼严重营养不良，肚子里的胎儿跟着妈妈颠沛流离，发育很不好……赵一曼默默承受着这一切。

学习美术专业的廖永红，现在是宜宾赵一曼纪念馆的党支部书记。1998年大学毕业后来到纪念馆当讲解员。开始工作的日子平常寡淡，每天死记硬背解说词，为每一批来参观学习的团队和个人讲解烈士悲壮感人的故事。赵一曼的大故事小情节，她都烂熟于心，但是自己的内心深处并无波涛，更没有汹涌，感觉自己就像一台录音机，每天循环播放。

心事浩茫连广宇，于无声处听惊雷。无论是听或者看，纪念馆里的一切展品，都是那个遥不可及的时代的呐喊。

不知从何时开始，廖永红的生活开始有了悄无声息的变化，此后的许多次反思和总结中，廖永红把这些归结为四个字：潜移默化。她说潜移默化对一个人的影响，真是了不起。

她在陪伴母亲生病住院的日子里，几乎每天都和母亲讲赵一曼，导致后来她还没开口，母亲就说："我要学习赵一曼，做个坚强的妈妈。"母亲对疼很敏感，护士输液针还没扎进皮肤，母亲就喊疼。廖永红抓住母亲的胳膊说："妈妈你想想赵一曼，十指被扎钢针，一声不吭。你若生在那个年代，这点疼都不能忍受，可能就当叛徒背叛革命啦。"

廖永红恋爱时期，严格自律，在心里时常告诫自己，不能过多地分散精力，不能丝毫影响到工作，想想赵一曼异国他乡的恋爱，是将学业和事业放在了第一位。

其后，结婚生子的人生轨迹，使她对现实生活的幸福感有了更加深刻的体悟。她说非常喜欢"小确幸"这种状态，不是缺少理想和追求，而是懂得知足和感恩，这是一种有思考有境界的生活状态。我们现在怀孕生子，备受丈夫和双方家长的精心呵护，鸡鸭鱼蛋奶吃得快要吐了。家里条件好的还要请来营养师、保姆、月嫂，各司其职地伺候娇贵的孕妇。有些体质差的孕妇，大部分时间都要遵医嘱，躺在床上安神养胎。

这个时候，那尊汉白玉的雕像，鲜活而生动地出现在廖永红眼前，微笑的目光注视着你，沉默不语，沉默中又似倾诉千言与万语。

廖永红心疼这位柔弱美丽的女性。92年前的冬天，赵一曼独自住在陌生、狭窄又泥泞的巷道里，和码头工人们处理好关系，掩护自己开展地下工作，完成转送文件和护送干部的任务。

千方百计，历尽艰辛，克服困难。"困难"两个字，怎能涵盖赵一曼所承受的所有苦难、艰辛还有委屈？是的，廖永红相信赵一曼心里一定有深藏不露的委屈，92年后的我们，不能妄自猜测。没有一朵花，从一开始就是花。赵一曼毕竟是一个女人，一个怀孕的女人，一个独自生产的女人，一个闪耀着母性光辉的女人。

生孩子，女人一生中最坚强也最脆弱，最艰难也最疼痛的时刻，没有人能够替代，但一定要有人守候和陪伴。廖永红说自己"70后"这一代人，无论对国对家，都是中流砥柱，不娇气也不矫情。但对于怀孕生子，一定是有自己的要

★ 宜宾街景,红色宣传。

求和标准,爱和温暖在这个关键时候不能缺失。

赵一曼生孩子的时候,不仅没有人陪伴,还被房东赶出来,连住的地方都找不到,流落在宜昌隆冬的街头。如果没有那对善良的搬运工人夫妻收留,那位热心的大嫂帮她接生,真不敢想象瘦弱的赵一曼和她即将出生的孩子,露宿在冬夜的街头,遭受多少磨难和痛苦。

只有自己经历了怀孕生子,才有如芒在背、感同身受的疼痛。

寒冬深夜,流落街头,独自生产。今天的我们,想一想都不寒而栗。廖永红说自己当了母亲才知道,伟大的女性赵一曼,没有什么苦难可以撼动她。

原本,赵一曼可以听从丈夫意见,在苏联生完孩子再回国。那样,她不仅有温暖的陪伴,还有优越的条件生产。回国后,以她的身体条件完全可以选择留在上海,或者回到老家宜宾,由二姐精心照顾。但赵一曼人生的字典里,就没有"困难"这两个字,事业为先的革命者,领受任务毫不犹豫。

廖永红的心痛,是单纯出于女人的相惜,她相信赵一曼对女人疼痛的感受是深刻的,但同时又能被她化解成微弱的。因为在那个黑暗的时代,她的强大要挡住所有的腥风苦雨,她的坚强要撑起民族的脊梁。历史对于烈士的心路历程,没有留下只言片语的文字记录。

闭上眼睛,90余年前,那个有婴儿啼哭的夜晚,廖永红不忍目睹。

1974年出生的廖永红,自己也经历了一个哭泣的雨夜。但每每想起,心中五味杂陈,深藏的惭愧无法释怀,以至于

★ 宜宾公园内赵一曼雕像。

第二天上班时，都不敢面对赵一曼的雕像。那些天她分明感受到，赵一曼那双笑意盈盈的眼睛，始终注视着她。

那个大雨滂沱的夜晚，廖永红儿子生病发烧，爱人出差在外，她背着孩子，大雨中半天也没打上车。那一刻，她感觉自己如此的渺小和无助，心里升腾起无尽的委屈，脸上的泪水比雨水都多。

廖永红笑言，雨夜之后，自己在心里写了份对照检查，心中最敬佩的英雄，就在自己身边，她身上革命者的冷峻气质，军人的潇洒气质，和文人的浪漫气质，注定了英雄与凡人的差别，这个"别"，可是天壤之别。自己经不起任何风雨，一碰就哗哗啦啦碎一地的玻璃心。不能找寻理由来娇宠自己，要让生命变得丰富，有内涵有深度。学习英雄不能只讲在嘴巴上，一定要在行动里体现。

> 全世界的母亲多么的相像，
> 她们的心始终一样。
> 每一个母亲
> 都有一颗极为纯真的赤子之心。

廖永红想不起来这是哪位诗人的诗句。短短的几句，说尽了茫茫天地间的母爱深情。

随着对赵一曼了解得越深入，廖永红添加进去越多自己的感知和感情。那张令人心痛的母子合影，为什么赵一曼不带一张在身边呢？思念儿子的时候拿出来看看，夜深人静的时候拿出来看看。革命者，也是血肉之躯，也会有孤独和疲累的时刻,看看儿子的照片,心中自会有甘甜,有希望,有战斗力。但是文档记载中,没有提及赵一曼是否带着这张珍贵的照片。廖永红抓住学习和参观的机会,追问过有关的史学专家,但都没有明确的答案。

这个问题折磨了廖永红很久,她给了自己两种答案,而且觉得非常合理,因为她是站在母亲的角度做出了释义。赵一曼给自己留了一张照片,作为母亲思念孩子,这是人世间最深切的爱。然而,随着她在哈尔滨与日本侵略者的斗争越来越激烈与残酷,为了保护自己亲爱的孩子,行事果敢的赵一曼,忍痛撕毁了照片。另一种就是现有的记载,照片只洗印了两张,一张寄给远在苏联的丈夫陈达邦,一张留给同学郑琇石,请她转交自己的二姐李坤杰。不给自己留照片,是从保护孩子的角度考虑,也是从一个革命者的角度出发。这样的安排更加说明,赵一曼在任何时候都是思路极为清晰严谨的,无论面对何种严酷的局势,她都能镇定自若,临危不乱,安排好自己将要面对的一切。

合影之后,赵一曼毅然决然地把自己一岁多的儿子送到丈夫的堂兄家,请他们照顾。对此,廖永红依旧怀着自己的情感揣度:赵一曼去遥远的东北,对那里的情况非常陌生,不宜带着孩子,再说孩子随着年龄增长,母子两人都不好掩护,最重要的是孩子的安全,这是母亲心头最缠绵的爱。

廖永红设身处地地思虑着:我是母亲的女儿,她那么疼爱我,真的无法设想也不敢想象,如果母亲这般英勇赴死,作为女儿的痛苦,必将是死去活来。我还是儿子的母亲,感

★ 宜宾纪念馆党支部书记廖永红（右）接受作者采访。

觉现在爱孩子就是爱这个世界，如果将要告别他，我的心也一定会痛死。

站在黑夜里的赵一曼，看到的是绝望的黑夜，和黑夜中那些亮着灯的木板棚房，这里没有一间属于她和她即将出生的孩子。孤独无助的赵一曼，在一家榨坊旁边的稻草堆上坐了下来。她的心快要碎了，难道就这样把孩子生在寒冷的旷野吗？如果生产中遇到意外，她和可怜的孩子就有可能消失在这个暗夜。这个谁也不知晓的暗夜，悄悄地吞噬着一切，连同她还未实现的、海阔天空的梦想——离开家乡两年来，赵一曼第一次忍不住在暗夜中饮泣。

坐在此处，家乡离她不远，溯江而上就是宜宾。二姐他们都好吗？这一刻，赵一曼强烈地思念已经失去联系很久的家人。

此时，码头还有开往上海的船只，她可以坐船回到上海，向组织汇报情况，接着生孩子——但她转念一想，如果此刻有转接关系、转发情报的同志来找不到她，那就耽误了党组织的大事。

江风像刀片一样刮在她的脸上，细密的雨打湿了单薄的衣服。这个晚上异常地冷，就像赶她离开出租屋的老太太一样冷。赵一曼感受到从未有过的冷侵袭着自己。她裹紧了衣服，在心里安慰孩子，宝贝对不起，还没出生就跟着妈妈受委屈。你一定要坚强，一定要平平安安地来到这个世界。

赵一曼起身，在风雨中深一脚浅一脚地走回自己原来的住处，房门的铁锁闪着寒光，冷酷地拒绝她踏入。

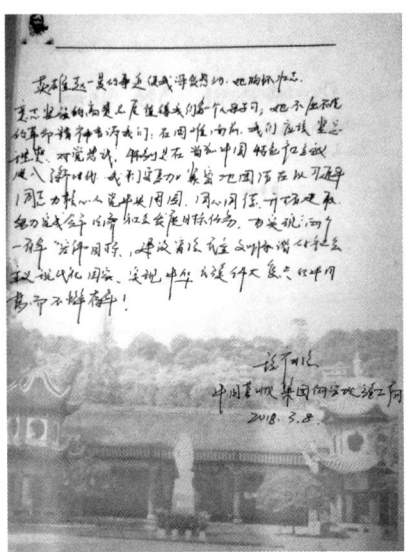

★ 赵一曼纪念馆参观者留言。

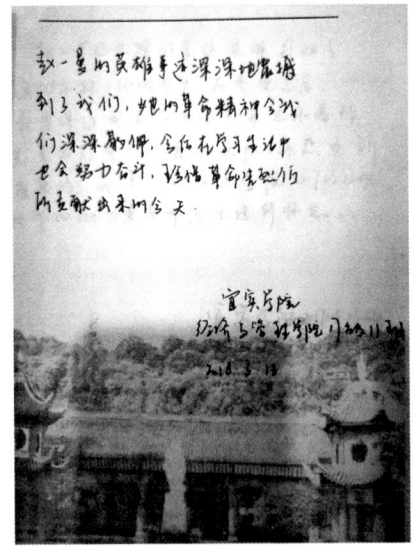

★ 赵一曼纪念馆参观者留言。

白天，即将临产的赵一曼，被房东老太太赶出了出租房。在当地，有个奇怪的习俗，不许外人在自己家中生孩子，否则生晦气，不吉利。老太太赶她时，毫无商量的余地，焦急地催促着，要她立即搬出去。

面色苍白、肚子阵痛的赵一曼百般恳求，希望老太太能动恻隐之心，等自己生产之后再搬离。然而，铁着脸的老太太说，你莫要怪我绝情，我不能让自家屋沾染血光之灾。看着身子笨重的赵一曼不想走，老太太担心她会马上生产，声嘶力竭地哭喊起来。

无奈之下，赵一曼拿着自己简单的行李，艰难地走出了出租房……

看到孤苦无依、走投无路的赵一曼回到出租屋却又进不去的困境，善良的邻居夫妇把她拉进自己家，在拥挤的棚板屋中用柜子隔出一块地方，让赵一曼住下来。善解人意的大嫂安慰她："别怕，第一次生孩子不要紧张，我给你接生。孩子的小包被也准备好了，不要嫌破旧，是我的孩子们用过的。"

1929年1月21日，体质虚弱的赵一曼经历了撕心裂肺的疼痛，生下了一个健康的男孩。男孩嘹亮的哭声划破了黑夜，东方欲晓，万物初醒。

听着儿子稚嫩的哭声，初为人母的赵一曼内心涌起无尽的喜悦和希望。儿子出生的这一天，天缘巧合，恰好是列宁逝世五周年纪念日，孩子又是在列宁的故乡孕育，自己别名是"淑宁"。赵一曼满怀憧憬，给儿子取了乳名：宁儿。

"宁"字亦饱含了母亲给予孩子深情的祝福与疼爱：此

生安宁。

然而,母子安宁的日子没过十几天,一件意外事情的发生,逼得他们母子仓皇逃离了宜昌。大嫂的丈夫在码头当搬运工,赌博输了钱跟人打架,被警察抓走,必须缴纳罚金才能放人。大嫂得知"当家人"被抓后,整天以泪洗面,不知该怎么办。

为了救助困难中帮助自己的这对夫妻,赵一曼变卖了丈夫送给自己的金戒指,交了赎金领回了搬运工大哥。谁料这件事引起了警局的怀疑:这个神秘的年轻女人,她的钱从哪里来?

刚听说被警局怀疑的赵一曼,还没来得急躲藏,就受到了警察的盘查。面对这突如其来的情况,她应付过盘查之后,毫不迟疑,当即抱着出生十几天的儿子,连夜坐上了去上海的轮船。

由于离开得非常仓促,赵一曼几乎身无分文也没拿衣物。颠簸的船只行驶在夜色苍茫的长江。一天都没怎么进食的宁儿饿了,小小的胃里急需奶水,但在寒风中紧张出逃的赵一曼,此刻一滴奶水都没有。宁儿委屈地哇哇大哭起来,任凭妈妈把他紧紧地抱在怀里,摇晃着想哄他入睡,饥饿的小婴儿以持续的啼哭声,表达自己的不满情绪。最后,同船的好心人不忍看着啼哭的婴儿,接济了他们母子,这才使赵一曼顺利到达上海。

到达上海后,赵一曼被安排在中央机关工作。当时,党中央在上海的机构全部设在公共租界的沪中区,是这座城市最热闹的地方,最热闹的地方就是最安全的地方。赵一曼在

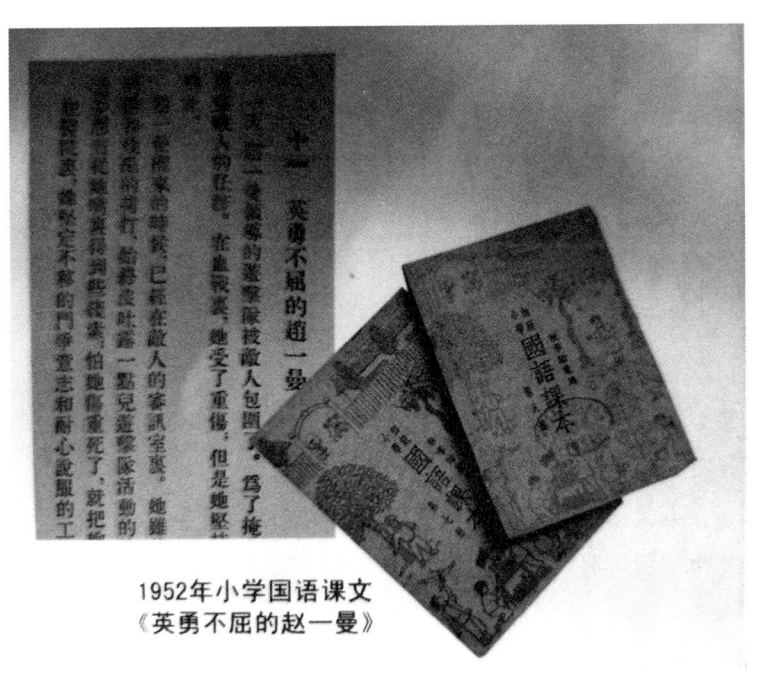

★ 1952年小学课本中《英勇不屈的赵一曼》。

这里学习和积累了丰富的工作经历。

更让赵一曼惊喜的是,宜宾的同窗好友,郑琇石和郑奂如姐妹俩,也在上海做党的地下工作。她们见面,欢喜得紧紧相拥,离别这些年各自的情况,不知从何说起,话太长,但相聚的时间太短。

之后的日子,只要工作允许,她们就相约见面,彼此说着心里话。郑家姐妹看到赵一曼,变化得翻天覆地——更加清瘦秀美,更加自信干练,更加开朗健谈。那个为了逃离封建家庭曾经发誓终身不嫁的赵一曼,不仅结婚而且还生子了。这让郑家姐妹非常惊讶,她们笑问,那是一个多么优秀的人呢?赵一曼笑答,爱情来了谁也挡不住,遇到相知相爱的人,你们也把自己嫁了吧。

姐妹俩非常喜欢大眼睛的宁儿,赵一曼完成工作任务不方便时,她们就帮助照看宁儿。

不久,上海的党组织遭到敌人破坏,地下工作斗争异常艰难。赵一曼接受组织派遣,到江西南昌建立党组织的秘密机关。

1929年的9月,赵一曼抱着半岁多的宁儿,来到江西南昌,和组织派来的王宏假扮夫妻,以家庭为掩护开展工作。

白天,王宏是教书的老师,赵一曼是买菜做饭的家庭主妇。晚上,姐弟相称的他们,抄写和传递文件,与有关同志召开秘密会议。

就在他们顺利开展工作三个月之后,由于叛徒告密,刚刚恢复起来的秘密党组织机关被敌人破获。

深夜,窗外狂舞着风雪。抄写文件的赵一曼,焦急等待着去省委开会的王宏，等待他带回省委的指示精神。突然，传来急促的敲门声夹杂着王宏的声音，王宏进门跑到床前，抱起熟睡的宁儿塞给赵一曼，催促她快走，说被叛徒出卖了。自己急忙去烧毁文件。赵一曼还想问明情况，前门响起了嘈杂的拍门声。

赵一曼用床单裹紧宁儿，慌忙从后门跑出。隐蔽在拐角处的她停下来，想等王宏一起走。

静夜中传来"不许动"的粗暴吼叫声，和拉动枪栓的哗哗声。赵一曼明白，王宏本可以开会后就撤离，但为了他们母子的安全，为了销毁机密文件，落入了敌人的魔掌。

不再犹豫的赵一曼，顶风冒雪跑向暗夜深处。跑了很久才发现，泛着白光的是稻田，黑色的才是路。她跑掉了鞋子，跑到晨光熹微，跑得怀中的宁儿被寒冷惊醒，开始啼哭。赵一曼沉重的脚步，再也无法迈动，瘫坐在路边的草堆上，开始梳理自己杂乱的思绪。

尽快返回上海，向党中央汇报这里的情况，早日营救被捕的同志，狠狠打击敌人的嚣张气焰。赵一曼的思路明朗清晰起来。可是怀中啼哭的宁儿，让她的内心开始隐痛。生于乱世的小宝贝啊，跟着妈妈颠沛流离，这样的生活不知道何时结束。在这腥风血雨中，孩子很危险，自己的工作更是麻烦太多。既然给不了孩子安全和安宁的日子，只有忍痛把宁儿送去寄养，让他在一个平安的环境中良好地成长。想到此，赵一曼的眼泪夺眶而出，低头亲吻着儿子冻得红红的小脸蛋。

赵一曼走进村庄，向一位大娘讨要了一些水和食物。之后，匆匆赶到赣江边，正好有一条运粮的木船驶往九江。船

★ 郑奂如（左）和郑琇石姐妹。

老板拒绝载人，如果给钱可以考虑。赵一曼抱紧了儿子，不舍地拿出丈夫送自己的怀表，递给了船老板。老板看着怀表，挥挥手同意她们母子上船。

到达九江后，抱着宁儿的赵一曼饥寒交迫，身无分文。看着开往上海的轮船，身上已无物可送的她，慢慢接近目标，寻找机会上船。

终于，夹杂在拥挤的人群里，赵一曼快速地挤上了船。开船后，老板发现她既没买票，也没有钱，便要船靠岸，赶她母子下去。赵一曼恳求道："我家就在上海，船到了就给你钱。"

船到上海后，老板让小伙计跟着赵一曼，上岸要钱。赵一曼不能带他去接头地点，就忍着饥寒从一条街转到另一条街，走了好多条街道，小伙计寸步不离地跟着。最后，她心生一计，给儿子头上插根草叶，坐在路边喊着卖孩子。她哭诉着被"抢劫"的遭遇，故意喊出无人拿得出的高价。

看到赵一曼是个不幸的女人，实在拿不出钱来，小伙计悻悻而去。

甩掉尾巴的赵一曼，很快找到了郑奂如，在郑家姐妹的帮助下，联系上了党组织。

白色恐怖笼罩下的上海，党的地下工作处境极其危险，为了躲避敌人的搜捕，赵一曼只有频繁变换住所。一岁多的宁儿跟着她，东躲西藏，历险脱险。在腥风血雨的漂泊中，孩子虽然是最好的掩护，但也给她随时突发的行动带来诸多不便。更重要的是，孩子的安危成为母亲心中最脆弱最柔软的疼。赵一曼越来越迫切地想把儿子送到一个安全的地方，有利于孩子健康平安成长的地方。每当这个念头一闪,她又如万箭穿心般痛苦。

聪明乖巧的宁儿已开始牙牙学语,会用稚嫩的声音叫妈妈。她不敢想象离开母亲的宁儿,会有怎样撕心裂肺的哭声。

世界上最残忍的分别,莫过于幼子与母亲的分别——赵一曼与儿子的分别,就是今生的生死别离。

不久,中央机关发生敌情,执行任务的赵一曼不得已将宁儿托付给了郑家姐妹。这一次,她痛下决心,一定要把宁儿转移到安全的地方。

就在赵一曼一筹莫展的时候,一个机缘巧合让她在上海中央机关遇到了自己的小姑子陈琮英。

1930年5月,全国苏维埃代表大会在上海的北京西路石门路口召开。此时的赵一曼被组织安排假扮李一氓的妹妹,组成临时家庭,承担会议的掩护工作。就在这次会议上,她意外地遇见了陈琮英,丈夫陈达邦的妹妹。此时,陈琮英和丈夫任弼时都在上海江苏省委机关工作。

姑嫂见面,嘘寒问暖。赵一曼谈到了自己带着孩子几经历险的处境,提到丈夫陈达邦寄养孩子给堂兄陈岳云的建议。热情干练的陈琮英理解嫂子独自带孩子工作的艰难,她爽朗地答应陪同嫂子一起送宁儿去武汉。

多年以后,陈琮英回忆起与嫂子赵一曼的第一次见面,称赞她精明能干,口才很好,为了党的事业可以放弃一切。美好的印象清晰明朗。

很快,赵一曼和陈琮英一同把宁儿送到武汉,交给了堂兄陈岳云。此后,赵一曼无法知道的是,宁儿两岁时,陈岳云给他起了学名陈掖贤。

在即将送走宁儿前,赵一曼心疼地搂紧儿子,心中万般难舍。她无法预测离开母亲的宁儿以后的生活会不会幸福,但她相信一定是居住安全,不会忍饥挨冻。思绪万千的赵一曼,想了很多,想到这一别不知何日见,还能不能再见——她忍不住哭出了声。

看到妈妈流泪,还不明白妈妈为何流泪的宁儿,伸出小手摸摸妈妈的脸,稚嫩的声音吐字还不太清晰地说:"妈妈不哭,妈妈不哭。"紧搂儿子的赵一曼,更是无法控制自己的眼泪。忽然她想到,应该和儿子去拍张合影。

这是1930年4月的一天,春天的气息里弥漫着花香。照片中的母子两人,穿着素净整洁的衣服,母子连心的右手握在一起,目光注视着前方——这是我们迄今看到的唯一一张赵一曼和儿子的合影。不到两岁的宁儿,握在胸前的小拳头,还不能表达出慰藉母亲的话:"妈妈,等着您的宁儿长大来保护您!"

这是一张震颤人心、看哭多少母亲的合影。为了天下无数的宁儿能够过上安宁幸福的生活,赵一曼忍痛割爱别离自己年幼的儿子。从此,母子生死两茫茫。

继续在上海中央机关工作的赵一曼,没有了孩子的牵绊,全身心投入严酷的对敌斗争中。面对敌人的残暴围剿和疯狂屠杀,作为地下工作者的赵一曼,身处的环境更加险恶,她装扮成生活中的不同角色:教师、阔太、女佣。为了转接文件,保护同志,随时做好战斗和牺牲的准备。

残酷的斗争磨砺战士。很快，赵一曼成为一名出色的地下工作者。

1932年的春天乍暖还寒，27岁的赵一曼接受党组织派遣，前往东北组织开展工人运动，主要是去工会工作，筹建满洲省委总工会。与她相伴同行东北沦陷区的，是全国总工会负责人之一、化名老曹的黄维新。他们俩是莫斯科中山大学同学，将在东北的抗日前线假扮夫妻开展工作。

到达沈阳后，赵一曼暂留在此，组织大英烟草公司和纺纱厂的工人运动，老曹直接去了哈尔滨。至此，赵一曼走上了抗日战争的前沿阵地。

"九一八"事变爆发于1931年，日本侵略者挑起事端，武装袭击沈阳，阴谋制造事变，继而东北沦陷。9月20日，中共中央发表《中国共产党为日本帝国主义强暴占领东三省事件宣言》，吹响了救亡图存的第一声号角，举起了全民抗战的第一面旗帜。为了加强东北的反帝救国斗争，党中央派出一批干部踏上黑土地战斗。

因为工作需要，她将自己化名为赵一曼。成为抗日英雄的赵一曼，名垂青史，被中华民族刻骨铭记。而她的原名李坤泰，在故乡宜宾与山水同在。

硝烟弥漫的战争已经远去，烈士用生命和鲜血滋养了革命，前行的历史终将在某一时某一刻，与我们相逢相守，照亮今天无比美好的日子。我们的日子，吉祥如意，幸福花开。我们，不能辜负今天、无边无际的美好。

★ 右一陈琮英，右二陈达邦，后排中为任弼时。

廖永红说自己在享受幸福生活,端起一杯牛奶或咖啡的时候,有爱和温暖相伴的时候,感动于这个世界如此安宁的时候,心中总是弥漫着隐隐的感伤。每当此刻,就想起赵一曼那封涤荡灵魂的、写给儿子的遗书——真情质朴地表达了赵一曼的母性光辉和传奇魅力。

既是战士又是女人更是母亲的赵一曼,予以岁月浮生未老,岁月许你初心不忘。我们新的长城是英雄的血肉筑成。唯一能与苍穹比阔的,是英雄长存的精神。

第五章 冰城，春风吹又生

这是一场怎样的母子相认。

所有的人，都是从赵一曼简短的遗书中知道，她有一个乳名叫宁儿的儿子。

那张珍贵传世的母子合照，让我们看到了美丽的母亲，和大眼睛宁儿。

宁儿——陈掖贤，第一次看到这张照片的时候，已是大学毕业步入社会的青年。看着照片中的自己，太小太小，小得一丁点记忆都没有。

20多岁的眼睛和不到两岁的眼睛，是同一双眼睛吗？清澈明亮，看着前方。两岁时有母亲温暖的怀抱，可是现在，母亲的遗骨不知在何处。殉国地尚志市（原珠河县）的陵墓，只是一个衣冠冢——深情而悲怆的青年，心中似被撕裂一样悲愤。

今天，我们所看到赵一曼烈士，柔弱的身体在阴暗的刑讯魔窟被日本侵略者一次又一次地残酷审讯，严刑拷打，坚贞不屈的她只字未露党的任何信息。这些历史档案中的文字记载，白纸黑字写着侵略者的罪行：对一个美丽的女性，一个孩子的母亲，实施惨无人道的酷刑。

面对刀光血影的残酷追忆，承载锥心蚀骨之痛的陈掖贤，真实地看到"记载"背后，静默文字里的腾腾杀气和淋淋鲜血。直面母亲所遭受的种种酷刑磨难，作为儿子，情何以堪？

是谁说过，流血的伤口，会随着时间而愈合。但心中的伤口，却是无法流血也无法愈合。没有人能看见，陈掖贤心中的伤痛。

20世纪50年代的一个初春。来到哈尔滨，追寻母亲最后足迹的陈掖贤，独自徘徊在一曼街上。这条两公里多长的街道，在赵一曼牺牲十年之后，1946年以烈士的名字命名，这是一条与赵一曼有着非同寻常关系的街道。

陈掖贤无心感受，这座充满异域风情的城市，如沐春风的细雨，和远处悠扬的钟声。他用脚步一寸一寸，仔细地走过一曼街，仿佛母亲就在身边，与他同行。他不知道自己的哪一脚，恰好踩在母亲曾经的脚印上。哪一脚落下去，就是母亲被敌人残暴刑讯后，留下的血迹。

最后，他的脚，痉挛着，轻轻抬起，再也不敢落下。回望1932年的深秋，母亲赵一曼时常行走在这条街上，那时，这条街的名字叫山街。母亲到这条街上的老巴夺烟厂从事反满抗日的革命活动。母亲被捕后，又被关押在这条街上的哈

★ 哈尔滨烈士纪念馆内赵一曼审讯室展厅。

尔滨伪滨江省警务厅（现在的东北烈士纪念馆）遭受酷刑。之后，母亲被日寇监禁治疗，从医院逃离虎口，也是在这条街上。

没人能够看出陈掖贤肝肠寸断的痛苦。他在无以寄托的思念中，用钢针在自己的左手臂上，一点一点刻写出了三个字。皮肤被尖锐的钢针扎破，他对疼痛已失去知觉，唯一的感受就是刻骨记忆。面对流出的鲜血，他微微地笑了。他知道母亲是O型血，这个英雄的血型，母亲遗传给了自己，自己也是闪着光泽的英雄血型。

母亲的名字——赵一曼，三个字深深刻在陈掖贤的手臂上，骨血相连的母子，以这种方式相拥相泣，心心相印。

陈掖贤亲笔抄录了母亲写给自己的内容不尽相同的两份遗书。

临刑前的母亲，被日本宪兵押解从哈尔滨去珠河行刑。火车上，耳边是哐当哐当的轰鸣声，母亲平静地看着窗外，内心一定是魂驰梦想的思念。亲人、丈夫和6年未见面的儿子，现在已是8岁的少年。儿子的成长一定茁壮，作为母亲多么遗憾，今生是没有机会再看一眼，心爱的孩子。

生命最后的时刻，她是如此思念亲爱的儿子，母亲心头难舍的爱。

赵一曼平静而有礼貌地向押解的伪警要来笔和纸，端庄地坐在那里，缓缓地写道：

宁儿，母亲对于你没有能尽到教育的责任，实在是遗憾的事情。

母亲因为坚决地做了反满抗日的斗争,今天已经到了牺牲的前夕了。

母亲和你在生前是永久没有再见的机会了。

陈掖贤一生都将母亲写给自己的遗书,珍藏身边,用母亲的"实行"鼓励和教育自己。当民政部门通知他领取烈士证和抚恤金时,陈掖贤婉言拒绝。他说母亲赵一曼为国捐躯,作为她的宁儿,没有资格领取国家的抚恤金,唯一能够继承的就是母亲的精神和遗志。

女儿懂事后,他又认认真真地给女儿抄录了遗书,让女儿知道自己的奶奶是为革命牺牲的烈士。他告诫女儿,千万不要以烈士后代的身份自居,不要给国家添麻烦。要牢牢记住,奶奶是奶奶,你是你。否则,就是对不起奶奶。

陈掖贤的人生没有大起,却有大落,他的命运与时代紧紧相连,他的命运也被特殊的生活经历和富有才华、真正孤傲、爱憎分明的性格所决定。

"文化大革命"开始后,曾在中国人民银行外事局和国务院参事室工作的父亲陈达邦,被打成"叛徒""特务",隔离审查,关进牛棚。愤怒的陈掖贤为父申辩,提笔给有关领导写信,他措辞激烈的申辩词语激怒了一些人,自己也被打成了"现行反革命",身陷囹圄。后来,因为激进的思想和言辞,又被关进了精神病院。

每一个人,都要被自己生活中的重要经历重新塑造。

★ 陈掖贤手抄母亲遗书。

陈掖贤的婚姻，从美好开始，以悲剧结束。结婚，离婚，复婚。妻子是他执教大学的学生，对博学的老师仰慕崇拜。然而性格与生活阅历的不同，他们在分离与复合中，彼此的感情消耗殆尽。夫妻先后患病住院，长期治疗。因此，陈红出生十个月的时候，李坤杰写信给陈掖贤，让他把陈红送到宜宾，舐犊情深的她要代替幺妹抚养这个孙女。陈红的人生从此与奶奶赵一曼的家乡，紧密相连。

人生世事难料，陈掖贤的生命在53岁画上了句号。这一天是1982年8月15日。如果，这个日子有巧合，37年前的这一天，"二战"结束，日本宣布无条件投降。

人的脆弱和坚强都超乎自己的想象。

导演沈芳缘于职业习惯，心里有个难言的遗憾，笑言自己应该早一点出生。在20世纪50年代的那个初春，如果能跟随拍摄第一次来到哈尔滨的陈掖贤，走进东北烈士纪念馆，走在一曼大街，走在母亲抛洒热血的黑土地上——用镜头记录下烈士千古绝唱的遗书中亲爱的宁儿，长大成人后终于找到自己的母亲，找到家喻户晓的英雄母亲，找到为国捐躯近20年的烈士母亲，他痛苦与艰难、内省与自勉的心路历程，会是非常珍贵的影像资料。

每一个走近赵一曼的人，都会敬仰和尊崇她的人格魅力与大爱精神，潜移默化中，自己的人生观随之发生变化。

供职于中央新闻纪录电影制片厂的编导沈芳，在赵一曼诞辰一百周年之际，决定拍摄三集历史文献纪录片《赵一曼》，用手中的镜头记录英雄的悲壮人生。她从最初的好奇、敬仰，到深深地爱上了这位抗日英雄。15年过去，杰出的女性赵一曼始终在她心里，伟大的母亲赵一曼生动美丽地扎根在她心里，是她拍摄的纪录片中感情投入最多的主人公。沈芳说这部片子的首要意义，是在不知不觉中，自己的人生观发生了改变，赵一曼无时无刻不在影响着她，让她变成一个勇敢实现自我理想的人。

榜样的力量无穷无尽。沈芳用"打仗"来形容自己这些年的工作状态，除了睡觉、吃饭用去很少的时间，能给予工作的一切，她无怨无悔地全部奉献。像爱自己的生命一样，热爱自己的事业。而做这些工作的初衷，非常简单——对得起为祖国抛洒热血的英雄烈士。

拍摄《赵一曼》用了八个多月的时间，沈芳似乎融入了赵一曼的世界中，思索她，学习她，敬爱她。沈芳从赵一曼仅存于世、怀抱婴儿的照片，和英雄留下的慷慨激昂的诗句中，找到了作品的中心和定位。

创作不畅的时候，沈芳仿佛听到了赵一曼来自星空的声音。恍惚中，英雄就在自己面前，那双美丽的眼睛，盈盈秋水般看着她——家国天下博爱在胸的赵一曼，给我们的民族带来了胜利的信心和希望。

沈芳豁然开朗，读懂了赵一曼被日军枪杀前泰然自若地书写遗书，她是写给这个饱经忧患的民族，写给天下的宁儿。一个至死不忘育儿之责的母亲，承担了历史给予这个民族的苦难和考验，以柔弱之躯奋起抵抗外敌入侵。英雄的品格，就是中华民族的品格。

沈芳读懂了一位容貌与心灵一样美丽的母亲，给予天下宁儿惊天地泣鬼神的伟大母爱。

赵一曼受伤被俘后，日军对她进行了残酷的迫害。负责审讯赵一曼的日本军官大野泰治，1956年作为八名战犯之一在太原特别军事法庭接受审判。他供述了对赵一曼的初次审讯。这段珍贵的影像资料，被沈芳从新影厂的资料室翻找到时，她的心情可以用"欣喜若狂"来形容。同时找到的，还有拍摄于1951年，尚志县公审告密赵一曼的叛徒的历史记录影像。这些都成为《赵一曼》纪录片里珍贵的历史镜头。

拍摄日本人用电刑灭绝人性摧残赵一曼的时候，沈芳半个多月无法入睡。每当夜深人静，她仿佛看到了伤痕累累的赵一曼，目光里始终是坚贞不屈的微笑——沈芳明白了采访赵一曼战友韩光时，老人说的那句话："赵一曼是一个奇女子，和一般的女子不一样。"

沈芳深刻感受到了赵一曼的非同寻常。她身上体现的是中华民族优秀女性的美德与气节。赵一曼坚贞不屈、坚韧不拔的精神是飘扬在沈芳心中的旗帜。对她而言，"坚持就是胜利"的信念，始终支撑着自己的创作之路。历史文献纪录片是留给历史的，最终还是要经得起历史的检验。沈芳说每拍一部片子，对自己的心灵都是一次涤荡和升华，"行万里之路，受艰辛之苦"，让人懂得什么是共产党人的无怨无悔，牺牲生命也在所不惜。他们满腔热血参加革命，没有任何私心杂念，可以为自己坚定的信仰——共产党，粉身碎骨。

观照内心，沈芳时常自问，我们做好了为党为国，无私

★ 1956年特别军事法庭（太原）公审刑讯赵一曼的日本战犯大野泰治。

无畏的献身准备吗?

哈尔滨的一曼大街、一曼公园,都是赵一曼当年反满抗日斗争的地方。沈芳采访时随口问起生活在这里的年轻人,你们知道赵一曼吗?有人居然说不知道。

赵一曼抛洒热血的这片土地,竟然还有人不知道英烈的名字。那一刻,沈芳内心非常震惊,并且隐隐作痛。你是谁?你为了谁?

1932年的盛夏,到达沈阳的赵一曼,在中共奉天特委专门负责女工工作。赵一曼以女工身份做掩护,进入大英烟草公司,开展工人运动。到了工厂之后她发现,工人只有在上班时间集体劳作,其余时间散居在外,基本互不往来。

善于解决问题的赵一曼,想到了一个加强工人之间团结的好办法。她指导组织起了足球队和识字班,通过这种公开的活动,既不让敌人发现蛛丝马迹,又能让工人之间紧密联系。

很快,这种深受工人喜欢的活动全都开展起来。赵一曼深入其中取得信任,开始调查、了解和发现骨干人员,争取一切可以争取的力量,扩大工会组织,积极发展共产党员,为组织吸收了新鲜血液。

其间,赵一曼还去纱厂工会,秘密组织活动,以女性特有的方式,温柔细致地和她们谈心,很快与女工打成一片。擅长观察和捕捉人心的赵一曼,将女工中的积极分子,发展成为工会会员和团员,使我们的队伍日益壮大起来。

赵一曼在沈阳工作时间不长,不断总结斗争经验的她,

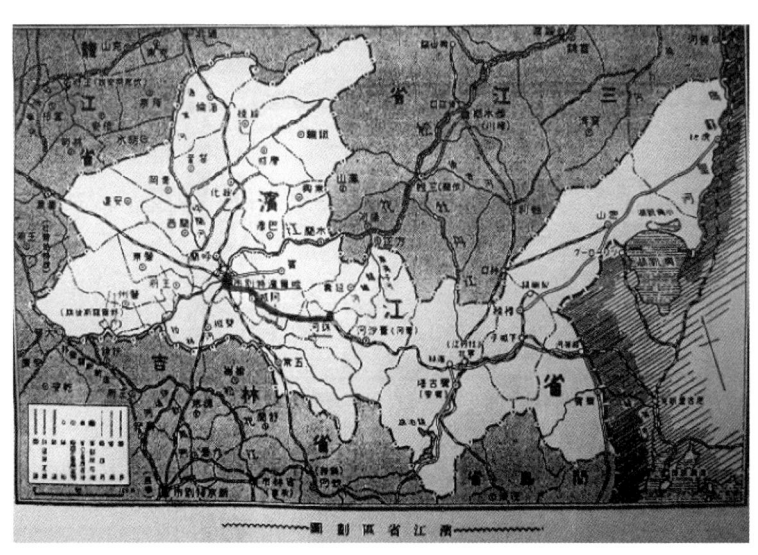

★ 1936年的伪滨江省区划图,图上滨绥铁道线哈尔滨—珠河,为1936年8月2日上午押送赵一曼的列车行进的路线。

在地下工作的实践中，对社会各个阶层的人物了然于胸。她相信，发挥工人的力量，团结起来一致对敌，一定可以早日将日本侵略者赶出中国。

10月的哈尔滨，寒风侵肌，午后的阳光力不从心，没有洒下多少温暖。这座美丽的城市，在侵略者的蹂躏下，失去了往日的万种风情。

来到冰城的赵一曼，在中共满洲省委的领导下做工会组织工作，任满洲省总工会中共组织和共青团组织部长。之后，任哈尔滨总工会代理书记。

日本占领哈尔滨后，成立了哈尔滨交通株式会社，派日本人充当电车厂的"太上皇"。哈尔滨的大街小巷实行了由日本人管制的"联保制"和"良民登记制"。

针对侵略者的猖獗践踏，哈尔滨中共组织、工会组织加强了对电车工人运动的领导工作。

为了在敌伪统治下进行秘密工作，需要组建一个临时家庭为掩护，赵一曼奉命与满洲总工会负责人老曹对外假称夫妻。他们租住在位于南岗区的一处俄式住宅内，全面展开工会工作。这里不需要报户口，对于做秘密工作来说，是最理想的地方。

化名老曹的黄维新，当过火车司机，参加过"二七"京汉铁路大罢工，大革命失败后，远赴苏联莫斯科中山大学学习，学成归国后在全国铁路总工会工作。对敌斗争经验丰富的黄维新，因为曾经被捕受刑，腿伤留下后遗症，走路有些跛。

赵一曼与老曹在工作上配合得非常默契。邻居眼中，他们的家庭生活安静祥和，赵一曼是一个漂亮、能干的家庭主妇，着装优雅，讲话得体，买菜、洗衣、做饭，家里收拾得干净有序。老曹给邻里的印象，是为了养家糊口，每天都踏踏实实地外出做工。

一到夜晚，赵一曼和老曹就像打仗一样地忙碌起来。撰写反满抗日宣传单，抄写刻印党和工会的文件，整理资料并汇总，向上级组织汇报相关情况。

第二天，赵一曼借着买菜，将文件和传单送到秘密联络点，再向外分发出去。

走在哈尔滨的大街小巷，到处都是闪着金色尖顶的俄式建筑，天空中飘荡着教堂的钟声。悠扬的钟声感染了赵一曼，她停下匆匆的脚步，抬头看看瓦蓝的天空，几朵白云悠然飘逸，这是何等的心旷神怡啊。倏忽间，把她的心带向了远方。

离开自己快两年的宁儿，在伯父家过得好吗？跟着妈妈的日子缺吃少喝，东奔西颠，吃了不少苦。现在的生活安定了，儿子长胖了没有？一定成为口齿伶俐的少年了。

达邦，他现在在哪里？一切可都安好？那封夹带着他们母子合影照片的信，他收到了没有？看到自己的儿子，大大的眼睛，可爱至极，他会高兴得蹦起来吧。

赵一曼在幸福的思念中，轻轻地笑出了声。这笑声和思念，只能深深埋进心底，自己的任何信息都不能告诉别人，即使每天在一起工作的同志都不能说。地下工作者在一起，就是默契配合，相互帮助和掩护，机智、缜密地完成好组织交代的一切任务。

素有东方"小巴黎"之称的哈尔滨，20世纪初曾是远

★ 哈尔滨电车工人罢工旧址。

东著名的国际商贸城。"九一八"事变前,哈尔滨电业局有34台电车,30多公里长的轨道,二百余名工人。日本占领哈尔滨后,侵略者与豢养的汉奸走狗,横行霸道,乘车不买票,欺压百姓,生活在底层的工人,受尽了剥削和压迫,苦不堪言。

赵一曼和老曹还有工会组织的几位负责人,秘密来到电车工人中间,召集骨干宣传教育,号召他们只有反抗才能解救自己,只有团结起来一致对敌,才能将侵略者赶出中国。随着越来越多的工人觉悟提高,赵一曼不失时机地发展了一批工会会员,培养他们加入党团组织。

为了引导工人运动良好有序地进行,老曹编写了通俗易懂的《关于罢工策略》一文,赵一曼誊写编印成小册子,既易于携带又利于隐藏,分发给工会会员学习。

1933年4月2日傍晚,伪满宪兵王文昌身着便衣,乘坐电车不买票,售票员让他买票时,猖狂的王文昌破口大骂,拳打脚踢售票员。车到站后,王文昌拉下售票员继续殴打,叫来同伙将售票员打得遍体鳞伤。电业局得知消息后,不但不保护工人,反而责骂工人给他们闯了祸,要开除售票员。这件事激起了工人的愤怒,党和工会组织乘机组织工人罢工。赵一曼和老曹立即赶到电车厂,组织召开党团联席会议。会场气氛热烈,群情激奋,当晚就组织起了罢工委员会,在工人中组建起纠察队、组织部、宣传部和传递情报的交通员。

赵一曼赶印了几百份传单、标语和《告哈尔滨市民书》,号召工人当天夜里全部散发出去,张贴到大街墙上,电线杆上和电车沿途的线路上。

第二天，电车全部停运，大罢工正式开始。

罢工工人向电业局和第二宪兵队提出了五条要求：惩办肇事凶手，给伤者抚恤金，医药费由宪兵队负担，宪兵队通过报纸公开向工人道歉，罢工期间工资照发等。

大罢工得到了哈尔滨其他行业的支持，"三十六棚"铁路工人还纷纷捐款，声援电车工人的罢工斗争。

罢工斗争在当时引起很大震动，哈尔滨市内交通陷入瘫痪状态。伪满军警恼羞成怒，他们百般利诱威胁，想破坏工人罢工，阴谋都未得逞。接着派出大量军警，把电车厂包围起来，强迫工人立即上班。

绝不屈服的电车工人，寸步不让。因为他们的身后，是赵一曼和老曹在做坚强的后盾。

罢工持续了三天三夜，日本领事馆最终不得不接受了工人提出的条件。罢工以工人的胜利而告终。这次胜利极大地鼓舞了东北人民反满抗日的精神，也激励了全国人民支持东北人民打击侵略者的热忱。罢工的消息被报道后，共产国际也做了相关的报道。

哈尔滨电车工人反满抗日大罢工，在中国工人运动史上、中国抗日战争历史上，承载了极其重要的历史意义。

如今，被命名为一曼线的108路电车线，行驶在哈尔滨的主要大街上。当年的电车也被完好保存下来，满身风尘地讲述87年前，赵一曼领导的哈尔滨电车工人反满抗日罢工斗争的胜利。

96岁高龄的方未艾，在2002年接受媒体采访时，说起赵一曼与他良师益友的交往。记忆扑面而来，往事生动如昨——

当时刚参加革命工作的方未艾，在哈尔滨《国际协报》副刊当编辑，是一位追求理想和进步的年轻党员。但刚刚步入革命道路的方未艾，需要革命经验丰富的同志来指导和帮助。满洲省委负责职工运动的金伯阳告诉方未艾，组织介绍一位留学苏联、经验丰富、理论知识水平造诣很高的同志来辅导他。

他们第一次秘密见面，在哈尔滨的道里公园。看到穿着古铜色毛衣和裙子、一头短发的赵一曼，年轻的方未艾惊讶地瞪大了眼睛。眼前的革命理论辅导老师，竟然是一位温润清雅的南方女性，在高大的东北人面前，她越发显得玲珑娇弱。交谈后，赵一曼不凡的谈吐和优雅的举止，给方未艾留下了深刻美好的印象。

这一幕深深印刻在方未艾的心中。多年以后，初次见面的情景仍在眼前，他在文中回忆：

> 初见时，赵一曼留给我的印象，很像当地书香门第的小姐，有一种高贵飘逸的风度。——在她英俊的脸庞上泛起亲切的微笑，一双凤眼里闪出星似的光芒。
>
> 金伯阳做了介绍，说她叫李洁，说我就是他向她讲过的《国际协报》副刊编辑。金伯阳对我说他称李洁为大姐。也让我称李洁为李大姐。李洁听了问我多大年龄，我说26岁。她说她比我大一岁，称她为大姐，要得。我对她说要跟她学习，应该称老师，她急忙说，这

可要不得。在她说"要得,要不得"的口音里,使我识出她是具有很重的四川口音。

之后,赵一曼常去报社给方未艾讲授革命理论和马列思想,让他利用《国际协报》副刊宣传革命,团结一切可以团结的力量,鼓舞沦陷区人民的斗志。休息时,他们也谈理想,谈文学和诗歌。讲课的时候,方未艾严肃认真地要记笔记,赵一曼微笑着说,不要记录,革命理论和这些道理,你只能记在脑子里,深刻在心里,不能记在本子上,还要考虑到安全问题。

细致周密考虑问题的赵一曼,让方未艾万分崇敬。

赵一曼讲课语言凝练,言简意赅,通俗易懂。时间久了,她时常带来党内文章,帮助方未艾解读学习,给他列出一些有关哲学史、社会发展史和各国发展史的书目,让他找来阅读。

赵一曼在对方未艾的辅导中,态度非常谦虚真诚。她说:"学海无涯,我学习和掌握的知识非常有限,在莫斯科中山大学学习一年时间就回国了。在学校一边努力学习革命理论,一边积极参加政治斗争,还要努力提高俄语水平,压力可想而知,所学的知识也传授得差不多了。现在,就要靠自己钻研学习,在实践中去总结经验。每一个共产党人,都是在实践中锻炼成长的。"

后来的工作中,方未艾为了与苏联人打交道时方便交流,开始学习俄语。赵一曼知道后,主动教他学习和发音的方法。

方未艾曾在日本学校学习过日语。赵一曼知道后笑言："我给你当了这么久的老师，现在也请你给我当老师，教我简单的日语吧。在敌占区斗争，掌握一点日语，对工作肯定有帮助。"

赵一曼见缝插针、孜孜以求的学习精神，和高瞻远瞩的工作方式，方未艾很受鼓舞。他深知，眼前的老师虽然身体瘦弱，精神的力量却是无比强大。

一个春日的中午，阳光明媚，满城飘荡着花香。赵一曼来找方未艾，心情愉快地说，难得有空闲时间，想邀请他去松花江划船，放松一下心情。

时光在这一刻宁静而美好，松花江上波光粼粼，江面摇曳着几条小船。赵一曼望着江水若有所思地说："养育我们的松花江水，和这一片肥沃的黑土地，是我们多么美好的家园，我们的奋斗牺牲就是让老百姓过上好日子。可是侵略者就是要掠夺我们的好日子。所以，我们一定要团结起来，把日寇早日赶回他们的老家去。"

赵一曼抬起头，看看方未艾又说："王维的诗句'独在异乡为异客，每逢佳节倍思亲。'我的感觉却是，身在异乡非异客，每逢佳景倍思乡。我的故乡有山有水非常美丽，不知现在是否无恙。"

"你说，人生如梦，还是如戏？"赵一曼感慨万千地问道。

想到家乡就想起了亲人，赵一曼想念二姐、大姐夫还有哥哥和弟弟，他们现在怎么样，一切都安好吗？屈指一算离开家乡七年多时间了，竹林掩映下的老屋，时常出现在她的梦乡里——国破山河在,城春草木深。赵一曼已经很久没有收到家书,收到故乡亲人的任何消息。

关于人生,赵一曼和方未艾时常探讨,各抒己见,都有深刻的认识。

方未艾看看波光粼粼的江水,看看期待他开口的李姐,沉思着说:"人生如梦在李白的诗中,浮生如梦,为欢几何?人生如戏是曹雪芹戏文里的人和事。新时代的人生观应该是为全人类的生存和幸福而斗争,应该做一个无私无畏的战士,改造自然,改造社会,鞠躬尽瘁死而后已。像马克思、列宁那样,才是正确的人生观。"

赵一曼高兴地笑了。她很久没有这样开心地大笑,阳光下的笑容舒朗柔美。她说:"看来这些天的政治理论,你学习得不错。不过认识问题容易,实践中做起来还是很难的啊。"

方未艾深知自己离优秀共产党员的标准还有很大的差距,但看着眼前英姿勃勃的老师,他明白自己努力的方向。

赵一曼在哈尔滨工作期间,接触了不少文艺工作者。她给他们宣讲抗日救国之道,写了很多宣传抗日的文稿,刊登在方未艾编辑的副刊上。方未艾愈加钦佩这位女中豪杰,感慨赵一曼能武亦能文,有文学才华和诗人气质。

当赵一曼接受了新的任务,调离哈尔滨去珠河游击区,告别方未艾时,鼓励他要勇敢坚强地做好反满抗日的宣传工作,并相约在游击战区相会。

赵一曼随手写下三首五言绝句,赠予方未艾。她的理想与诗情,句句铿锵,字字丰润——

（1）
天上多风云，人间有聚散。
今宵若别离，他日喜相见。
（2）
友爱与生命，人人都看重。
一身不自由，两者将何用。
（3）
理论与实践，纷纷说长短。
只能为社会，万古可流芳。

敌占区的告别，常常就是永别。

不久，一心想去游击战区的方未艾，被组织派往苏联学习。回国后，他曾打听"李姐"的消息，但一直情况不明。新中国成立后，看了电影《赵一曼》，方未艾才知道自己心中崇敬的李姐李洁李老师，就是民族英雄赵一曼，真名李坤泰。

一生坎坷，但心态平和的耄耋老人方未艾，说起赵一曼心绪激动。他低沉而缓缓地说："赵一曼是我的良师益友。赵一曼对我的人生影响很大。"老人的眼睛有些湿润，他记忆清晰、声情并茂地诵读了一首题为《滨江述怀》的古体诗，这是赵一曼为抒发家国情怀和革命豪情而创作的。

随着抗日斗争的深入，形势越来越严峻，环境也越来越恶劣。

★ 青年方未艾。

一个炎热的夏天,赵一曼和几位党员乘船到太阳岛一个同志家里,秘密召开会议。小草屋靠近松花江边,非常隐秘。小小的屋子坐着几个人,闷热难耐。但为了安全,他们还是要关紧门窗,围坐在一起,做出打麻将的样子来开会。

谁知,房东小孩打开门跑出去玩时,恰巧被经过的特务暗探看见,他像疯狗一样闯进门来,掏出手枪,狰狞地大喊道:"都不许动!"

大家被这突如其来的情况惊呆了,桌上的文件都来不及收藏。

赵一曼沉着冷静面对特务,目光迅速环视屋内。她看到窗台上放着一盆稀粥,便不动声色地靠近了窗台。当特务恶狠狠地举枪逼近大家时,赵一曼以迅雷之势将稀粥扣到特务头上。大伙围扑上去把特务捆绑起来,天黑之后,特务被扔进了松花江里。

1933年5月,中共满洲省委总工会筹备处在哈尔滨南岗机关成立。老曹担任总书记,赵一曼担任组织部长,兼任哈尔滨总工会宣传部长、代理书记。总工会不仅担负着领导工人罢工运动的任务,还要全面了解各行业的工人在日伪统治下的生活状况,帮助他们总结经验和教训,指导他们进行不屈的反满抗日斗争,组织工人义勇军参加武装抗日斗争。

为了深入了解敌情,赵一曼曾两次到海伦县巡视,指导当地工人的抗日救国会工作,鼓舞他们的士气与斗志。

呼海铁路,起点是呼兰县松浦镇,终点为海伦县,实际起点就在哈尔滨道外的马家船口。这条建于1928年的铁路,是中国人自己修建的重要铁道线路,打破了帝国主义列强意欲长期控制东北铁路干线投资权和垄断运输的局面，更是一条与外来侵略者势力奋力抗衡的铁路线。

赵一曼第一次来海伦，是1933年的春夏交替之时。海伦的党支部刚刚成立，组织工作经验比较缺乏，为了深入基层和郊区农村巡视，赵一曼不断变换掩护身份，一会儿是教师，一会儿是村妇。看到群众抗日热情很高，她做了周密细致的指导和宣传工作。返回哈尔滨后，她向上级汇报道："以前我们只在城市搞工人罢工，忽视了广阔的农村和广大的农民，这是一股不容小觑的力量，以后应该加强农民队伍的发展工作。"

第二次来到海伦的赵一曼，穿着漂亮的旗袍和坡跟皮鞋，涂着口红，妆扮成一位美丽的贵妇人，机智躲避了日伪沿途的检查。

到达目的地后，她换上村妇的衣服，与海伦游击队负责人接头后，深入到了游击战区。在游击队的组织配合下，赵一曼指挥队伍袭击了日伪汉奸武装，以及伪自卫团，击毙了团总国占山，打死打伤敌十余人。

这一仗震惊了当地的日伪军。

战斗结束后，他们就地召开群众大会，散发抗日救国的传单，宣讲国破家亡下反满抗日的道理，扩大了中共领导的抗日武装影响，推动了哈北地区抗日斗争的发展。

在机智对敌的战斗中，看到前线浴血奋战的战士们，她决定去游击区参加武装抗日斗争，拿起刀枪和侵略者展开面对面的血肉之搏。

返回哈尔滨的赵一曼，正遭遇日伪当局在全城进行疯狂

★《正气千秋——民族英雄赵一曼》(赵华胜作品)。

大捕杀。抗日救国会派会员郝乾扮成贩鱼的小贩,通知赵一曼敌情危机。

郝乾来到赵一曼住处,站在门外大喊:"太太,我给你送鱼来了,快来拿你买的活鱼。"赵一曼出来就看到他有些奇怪的眼神。郝乾说:"你看,这可是条刚杀的活鱼,嘴里都是血啊。"他故意掰开鱼嘴给她看,赵一曼看到了鱼嘴里有张纸条。

1934年2月26日深夜,由于叛徒出卖,满洲省委地下党组织遭到严重破坏,省总工会负责人老曹和30多人被捕。

不久,老曹壮烈牺牲在狱中。

此时,赵一曼的处境,危机四伏。

党组织决定,将处在危险境地的赵一曼转移到相对安全的城市去工作,这也是基于她的身体状况,寒冷的哈尔滨不适合肺病医治。满洲省委组织部长何成湘找到赵一曼谈话,转达了组织的决定,建议她去一个无人认识的城市,继续地下党的工作。

赵一曼听后,几乎不加思索地说:"我的身体我了解,没问题,能扛得住。我在军校学过军事,可以带兵打仗,有用武之地。请组织派我到游击区去,到抗日的第一线去。"

组织认真考虑之后,决定派赵一曼奔赴珠河县抗日根据地。至此,她从一个党的地下工作者,走向了抗日前沿血与火的阵地,开始了辉煌而壮烈的传奇人生。

第六章 珠河之殇

人类无法想象,在2019年的尾声会暴发一场巨大的灾难,让全世界陷入灾难深重的瘟疫之中。

2020年8月的哈尔滨,没有夏季的温热,竟有秋天的寒凉。有人穿着短袖,也有人穿着羽绒服,这座美丽的城市,被瘟疫折磨得有些脆弱。一张张严肃的面孔,紧绷在口罩的后面,匆匆而有序地工作和生活。学校依旧在放假,公共场所和旅游景点严格管控人流,公众场馆开放半天,中途还要关闭消毒。对进入的每一个人,都要认真严谨地核验身份信息。在这个关键时期,因为来自外地,健康码不符合当地标准,差一点我就与东北烈士纪念馆失之交臂。

东北烈士纪念馆坐落于南岗区一曼街241号,是一座白色的欧洲古典主义建筑,建于1928年,1935年被伪满哈尔滨警察厅占据。赵一曼曾在这里被日寇监禁,遭受酷刑后走上刑场。1948年10月10日,这栋白色的欧式建筑成为中国共产党历史上第一座革命烈士纪念馆。

在东北烈士纪念馆工作了一辈子的研究员李云桥,当年

★ 2020年，疫情中的东北烈士纪念馆入口处。

就读于黑龙江大学中文系。

经历了"文化大革命"的纪念馆，刚刚开馆就迎来大学组织的党团活动，年轻的大学生李云桥就在其中。参观完烈士馆后，她又一次站在赵一曼烈士陈列展前，肃穆地站着、看着。

她说自己只看一眼就再难放下。烈士慷慨就义前写给儿子的两份遗书，如泣如诉，荡气回肠，让李云桥痛入心脾。

她一边抄写，一边在心里诵读，泪流不止。回到学校后更是心绪难平。从这份特殊的遗书开始，她对赵一曼有了一种特殊的情感。她一口气写了几千字的读后感，不是简单的观后感，不是摘录名句的心得体会，而是饱蘸深情由心生发的肺腑之言。

彼时的李云桥不曾料想，自己与敬慕英雄的相遇，刚刚开始。

岁月悠长，山河锦绣。世界上有一种英雄主义，是在认识到世界的本来面目之后，仍然炽烈地热爱着它。

1980年大学毕业的李云桥，巧合地被分配到烈士纪念馆工作。2005年，赵一曼诞辰一百周年，李云桥倾注自己多年的研究成果和心血，以女性研究的独特感受，创作出了《赵一曼传》。李云桥激情书写的赵一曼，是党的忠诚女儿、民族的不屈战士，她有火一样炽热的爱情，海一样博大的慈母胸怀，是一面鲜红的旗帜，永远捍卫人类的和平与正义。

"哈尔滨这座城市的美丽，是一个伟大的革命英雄主义城市。城市的很多广场、街道、公园、学校，都以烈士名字命名——李兆麟、杨靖宇、赵尚志、赵一曼。我们的民族越

★ 东北烈士纪念馆。

强大，越应该牢记为国捐躯的英烈们。这一种耳濡目染的爱国主义教育，让生长在哈尔滨的人时刻不能忘却历史，珍惜今天生活的美好，肩负着责任和使命前行。"李云桥的声音非常轻柔，娇小的身躯与印象中高大的东北人大相径庭。

研究历史和文学创作，都要耐得住寂寞，需要一丝不苟的严谨态度，每一处细小史实的学习研究和把握，都是我们工作中最为重要的一点。烈士奉献的是生命和热血，而我们生命中飞逝的只是时光。因此，要在有限的时间，投入自己全部的激情和热爱。

在纪念馆工作的李云桥，每天都要走过曾经监禁赵一曼的地方，她的内心波澜起伏，灵魂接受精神的洗礼。寂静的时空，传来赵一曼轻轻的叹息声，美丽柔弱的她已被日寇酷刑折磨得鲜血遍体——日久年深地研究，李云桥探寻赵一曼短暂而辉煌的人生轨迹，发现她身上无穷的魅力和浪漫的英雄主义情怀。赵一曼发人深省地呐喊："女人不是奴隶，不是男性的衣物，女人要做自己的主人。"为此，她只身远方求学，实现海阔天高的理想。

"反观21世纪的今天，我们培养了多少独立自主的孩子？他们能为实现高远志向千辛万苦地跋山涉水吗？又有多少女性把自己依附于家庭之中，年少时为了家长而考个好成绩，成年时为了丈夫和孩子而生存，老年又为孩子的孩子贡献余热？想一想百年前的赵一曼，想一想现在的我们——"李云桥的声音里充满了忧虑。

追寻赵一曼的心路历程和精神风貌，是李云桥今生放不下的人生探索。退休后她依然孜孜不倦、精益求精地编纂了几十万字的赵一曼年谱史料。这是她想留给后代的一笔精神财富，民族英雄的成长足迹，岁月可鉴。让史实充满敬意地告诉未来，一代风流辉映千秋。在赵一曼殉国地尚志市的小北门外，李云桥最难忘的"红烛泪"，和天上那朵哭泣的云，让她读懂了天地动容的全部内涵。

2005年李云桥跟随沈芳导演带领的摄制组，在赵一曼牺牲地尚志市拍摄。沈芳要用镜头表达对烈士的崇敬与哀思。31岁芳华之年牺牲的赵一曼，是在女人最美丽最丰盈的年龄，毫无畏惧地把生命献给中华民族，用粉身碎骨来唤醒民众，只有团结起来奋战到底，中华民族才能有希望有未来。

然而，苦思冥想的沈芳，没有找到表达崇敬之意的最佳方式。

走在哈尔滨的大街上，沈芳漫无目标地看着眼前一晃而过的人流和车流。突然，像火炬一样鲜红的东西闯入她的眼帘——红色的蜡烛，没有比这更好的寓意和意境。沈芳果断买了31支红蜡烛。

后来，看过此部纪录片的人，都被这个场景感动了。

拍摄前，李云桥和众人把31支蜡烛摆放在赵一曼的塑像前，点燃。象征烈士31岁的生命之火，璀璨燃烧。

瓦蓝的天空下一片火红。赵一曼白色的雕像，在红色烛光的映衬下，栩栩如生。美丽的面庞依旧年轻，微笑的眼睛凝视着她热爱的祖国，天空和大地。

祭奠活动刚要开始，万里无云的晴朗天空，忽然飘来几朵云彩，接着就是一阵倾盆大雨，雨下得又急又快，几分钟过后戛然而止，天空晴朗依旧。

所有人的心，无不受到震动，这是上天在悲哭先烈，在深情地诉说，在无尽地怀念，更是永恒铭记。

燃烧到夜晚的红烛，把夜空也燃成了红色。

李云桥从拍摄的镜头里，看到被红光映衬的赵一曼塑像，她在刹那间感受到自己的灵魂在涤荡中升腾。沉静的夜空如此安宁辽阔，赵一曼就是带给人们和平与幸福生活的女神。

第二天早上，李云桥被雕像前的"红烛泪"感动得热泪盈眶。

都说万物皆有灵，万物用自己独特的方式，倾诉岁月里的深情。燃尽的红烛，在这个寂静的夜晚，流下长长短短的"眼泪"，追忆那些残酷而坚贞的岁月。

1934年7月的夏日，太阳懒洋洋地照在人身上，有一股阳光的味道。赵一曼穿着深蓝色的对襟布衫，朴素的装扮像一个乡下农妇，与她同行的还有医生张险焘，工人老魏。他们从哈尔滨出发，奔赴珠河抗日游击区。

哈尔滨火车站川流不息的人群中，伪警察严格地检查着每一个进出的人。因为哈尔滨以东地区，就是赵尚志领导的东北抗日游击队，哈东支队游击区。日伪对此高度警惕，火车站成为他们严查的一个地方。

赵一曼手拎小藤箱，里面装着她简单的日用品，还有用旧报纸包裹的臭咸鱼和烧饼。遇到检查，她从容不迫地打开箱子，让伪警检查。闻到腥臭味，再看看箱子里乱七八糟的报纸和烧饼，伪警捂住鼻子让他们赶快拿走。

一路走来，凡是遇到检查，赵一曼都不慌不忙地打开箱子,让敌人查看。张险焘和老魏看到藤箱里的臭鱼,不知赵一曼意在何处,百思不得其解,估计是这个南方人喜欢的食物吧。

安全到达珠河游击区之后,张险焘好奇地问赵一曼,带这么腥臭的一条鱼,是为了吃吗?

赵一曼哈哈一笑说,带这条鱼的目的,你看看包鱼的这些报纸就知道了,这个报纸上有密写的党的重要文件啊。

赵一曼的沉着机智,令张险焘钦佩不已。

初到珠河游击区的赵一曼,担任县委委员,并以县委特派员和妇女会负责人的身份,开展妇女工作。

三股流根据地,以三条河流流经此地而得名。三股流的常万屯小村庄,住着20多户人家,是当时的中共珠河中心县委所在地,也是赵尚志率领的珠河抗日游击队重要的根据地中心。在这里开始工作的赵一曼,首先努力适应当地粗放的生活,高粱米大楂子风格的饮食,还有南北方言的差别。但这些在赵一曼眼里,都算不上困难,她需要的是立即开展游击区的工作。

乡亲眼中漂亮的女委员,和蔼可亲,爽朗干脆,很快与群众打成一片。有位老妈妈关心地对她说:"在我们这屯里,都不背小兜子穿大布衫,你这样的穿着招人眼。"赵一曼立即换上本地农村的衣衫,和他们围坐在一起做家务拉家常。善于在温馨的家常话中见缝插针宣传抗日救国道理的赵一曼,把爱国村民紧紧地团结在了自己身边。

由于长期身处恶劣的环境,赵一曼的身体十分消瘦,乡亲们就亲切地称她"瘦李子"。大家喜欢听她讲故事,在她

★ 赵一曼使用过的藤箱。

指挥下做事情。不久,赵一曼就组织起了抗日妇女会,领导她们火热地开展着各项活动,给游击队做衣服和鞋,站岗放哨,传送情报和给养,支援游击队打胜仗。

当时,游击队缺少枪支弹药,地下党组织通过内线,在伪军那里买了10余支短枪和子弹。然而,沿途敌人严密封锁检查,枪弹苦于运不出城。

赵一曼得知这一情况后,主动要求完成这个艰巨的任务。

赵一曼带着小沙姑娘做助手,装扮成走亲戚的样子,去了珠河县城。经验丰富的赵一曼一路走,一路细心注意每个岗哨都有多少士兵把守。当她看到一辆拉粪的毛驴车,因士兵嫌臭很快放行时,她在心里暗暗地笑了。

取到枪支弹药的赵一曼,指导小沙迅速地用油纸和油布,里里外外、严严实实地包裹了好几层。小沙不解地问:"包裹得再严实,这也是枪支弹药,还是会被鬼子查出来呀。"

赵一曼自信地笑笑说:"到时候你莫要慌张,看我眼色行事就好。这些东西一定会送到游击队手里。"

赵一曼找来一辆拉粪的马车,把包裹好的枪弹放进大粪箱,再灌进粪水,一股恶臭呛得人喘不过气来。

她们大摇大摆地赶着马车走到城门口时,日本兵捂住鼻子,伪军厉声大喊道:"快走,快走。"

拿到武器的游击队员们高兴地问:"你们是神仙啊,怎么能躲过鬼子那么严密的盘查?"

小沙姑娘讲了"粪车藏枪"的故事,大家对足智多谋、勇敢无畏的赵一曼肃然起敬。赵一曼打趣道:"你们闻闻这枪一点都不臭,打仗瞄不准敌人,那就是自己手臭哦。"大

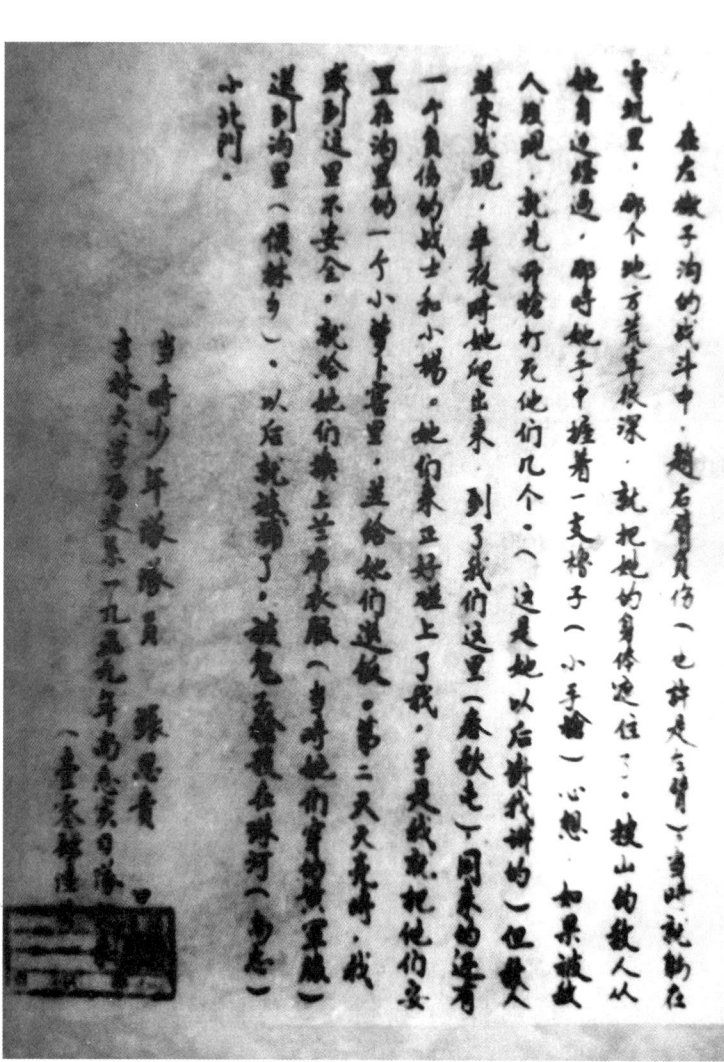

★ 当年抗联战士写的回忆文章。

家被女委员的幽默逗得哈哈大笑。

赵一曼为战士们示范给枪装子弹、卸大栓,动作娴熟,干净利落,赢得一片掌声。这些士兵若不是亲眼所见,无法相信眼前这个瘦弱而美丽的南方女人,军事素质如此过硬。她的宣传鼓动深入人心,而且歌声动人,教他们唱会了许多歌曲。

"瘦李子"的传奇故事,由此传开。

1935年的春天,赵一曼被调往铁道北第五区侯林乡,任铁北区委书记。在根据地,她经常走山路、蹚河沟,到每一个村庄每一户人家,用浅显的道理宣传抗日救国之理:咱们要想过幸福的生活,就要想办法把侵略者赶出中国。

喜欢唱歌的赵一曼,用自己独特的方式,融入群众中开展工作。她用婉转悠扬的歌声,教大家唱抗日救国歌曲——《九一八纪念歌》《妇女歌》《劝伪军士兵歌》《抗日骑兵飞下山》《牙根咬恨(战士歌)》等,用易学易唱的曲调,朗朗上口的词句,控诉日本侵略者的罪恶,鼓励青年人奔赴杀敌战场。

赵一曼教唱的歌曲,在游击区广为传唱。歌声冲出冰天雪地的小木棚,久久飘荡在山谷的上空。

  牙根咬恨,
  拿起枪来,
  瞄准开射,
  是我们一定要把敌人消灭。
  千万民众遭踩躏,

都要我们来解决。
莫粗心放过敌人去,
空悲切,
战士们,
莫胆怯,
冲锋呀,
要坚决,
是我们不战胜永不退却。
饿了要吃敌人肉,
渴了要喝敌人血。
待工农革命成功日,
仇苦绝。

赵一曼千辛万苦的努力,终于使铁道北的反日会、农委会、妇女会、儿童团的活动活跃起来。她还组织了一支农民自卫队,这些队伍成为铁北不可小觑的抗日力量。

然而,在敌人的眼皮底下活动,乡音未改的赵一曼一口浓重的川音,给自己的工作带来了诸多不便。

一次,儿童团员吕凤兰和母亲陪赵一曼传递情报。母亲挎着一筐鸡蛋,三个人匆匆赶路。谁知,没走多远就遭遇了日伪军。一个伪军问:"你们是干什么的?"

"俺家亲戚生孩子了,我们娘仨去给她下奶。"尽管出发前赵一曼装扮了一番,但伪军还是看她不像本地人,便凶神恶煞地问:"这个人是干啥的?"

"她是我干闺女。"母亲赶紧说。伪军围着赵一曼走了一

★《牙根咬恨（战士歌）》。

圈又问:"她咋不说话呢?"

"她是哑巴,不会说话。"母亲陪着笑脸说。日伪军走后,她们也长长地出了口气。

一天黄昏,赵一曼得到情报,日本鬼子要到铁北关门嘴子一带"讨伐"游击队。她果断决定,带领自卫队打一场伏击战。此战不仅能提高队员的信心,更是一次难得的锻炼,消灭敌人夺取武器,装备自己的队伍。

乘着月色,赵一曼将队伍带到预定地点,隐蔽起来。她指挥短枪队员埋伏在前边,手持大刀和长矛的队员埋伏在后面。一直等到中午,才看到敌人一支分队,耀武扬威地走来了。

赵一曼低声对大家说:"听我的号令,集中火力打那个骑马的指挥官。"

当敌人离他们越来越近,只有十米远的距离时,赵一曼大喊一声:"打!"

队员们集中火力射击,日本指挥官从马上一头栽了下来,群龙无首的敌人顿时乱成一团。

"冲!"赵一曼一声令下,带领持枪队员冲在前,拿大刀长矛的队员从后夹击,打得毫无思想准备的日军措手不及,仓皇逃窜。

战后清点,他们消灭了10多个鬼子,缴获20多支长短枪和一批子弹。

之后一段时间,赵一曼率领自卫队乘胜追击,昼伏夜行,打击了与日寇狼狈为奸的伪军和反动武装,深受人们群众的拥戴。自卫队也被改编为地方游击连,配合赵尚志领导

★ 救过赵一曼,被誉为"中国革命八大妈妈"的吕风兰。

的东北人民革命军第三军部队作战。

不久，省委巡视员在给省委的报告中，对赵一曼的工作给予了肯定：道北一般比道南好，特别是五区一带，几个月来的工作比较深入。农民自卫队有3000人，那里群众也比较团结……

哈东游击区的壮大和发展，使日伪当局坐卧不宁，因此敌人不断地对游击区进行讨伐。

赵一曼带领队伍穿林海，过雪原，出没于珠河铁路两侧，一次又一次奇袭敌寇小分队，打掉敌人的据点，同敌人展开拉锯战。

此时的赵一曼，战斗任务非常繁重，处境也更加危险。

敌人经过长期准备的"大讨伐"开始后，对游击区进行重点军事打击。日寇还用悬赏、暗杀、诱降等卑鄙手段破坏统一战线，迫害抗日民众。收买抗日意志不坚定的义勇军及各自为战的民间组织领头人，达到他们制造分裂和内讧的罪恶目的。

中共满洲省委就粉碎敌人的"大讨伐"阴谋发出了给全党同志的指示信。珠河中心县委和哈东游击队根据地面临着严峻的考验。

赵一曼带领农民自卫武装在铁北老五区，首先与"黄炮"队进行了英勇战斗。

民间组织"黄炮"队，曾与哈东支队签订不投降、不卖国、反日到底的共同作战协定。孰料，"大讨伐"开始不久，他们公开叛变，杀害抗日干部，勾结日伪军攻打游击战区。

★ 建川博物馆内赵一曼简介。

猖獗的"黄炮"队组织所谓的精兵强将第二次进攻侯林乡时，被赵一曼率领的自卫队彻底消灭。

经过赵尚志率领的哈东游击支队艰苦卓绝的战斗，和赵一曼领导的自卫队，以及根据地人民的有力支持配合，敌人的"大讨伐"计划最终以失败告终。

然而，由于日伪军的疯狂围剿，珠河根据地遭到严重破坏。县委决定，第三军主力远征，开辟新的游击区。主力部队远征后，赵一曼继续留在珠河铁道南北，领导游击战争，同时兼任东北人民革命军第三军二团政治委员。

"我们的女政委"，战士们喜欢这样称谓智勇双全、可亲可敬的赵一曼。

赵一曼领导东北人民革命军第三军第二团对日伪军的烧杀抢掠进行了英勇的还击，一时威震珠河。赵一曼的名字也令日寇胆寒。敌人对她指挥的游击战斗惶惶不安，恨之入骨，认为"哈东二赵"赵尚志和赵一曼是他们最大的威胁。

当时的伪满哈尔滨报纸以"共匪女头领赵一曼，红装白马猖獗于哈东地区"为题刊登报道，将赵一曼描述得出神入化，并发出悬赏捉拿的告示。

"红装白马"，侵略者对"女共匪"的宣传像神话一样。炫目的红白色彩，飒爽飘逸的女战将形象，双手持枪，文武双全，驰骋于珠河铁道两边的赵一曼，让日寇闻风丧胆，切齿痛恨。

然而，敌人做梦也没有想到，他们眼中"红装白马"的战将赵一曼，其实是一个身患肺病、瘦小柔弱的南方女子。

由于长期奔波劳累，赵一曼肺病复发，免疫力低下导致脖子上长了大疮，不得已住进游击队的流动医院治疗。而此时，日寇的搜捕一天比一天穷凶极恶。

只有医生张险焘和一名护士的医院，住着十多位伤员，根据随时出现的敌情，时刻准备转移地方。赵一曼病情稍有好转，就主动担负起护理工作，给伤病员理发、洗补衣服，组织大家学习政治，学唱歌曲。

赵尚志在一次战斗中左胳膊负伤血流不止，来到医院包扎止血。条件简陋的医院没有麻药和消毒液，只能用纱布蘸硼酸水擦拭伤口消毒，有人忍不住钻心的疼痛，会龇牙咧嘴地喊叫几声。

赵尚志包扎伤口时，恰巧赵一曼也在给脖子换药。赵尚志开玩笑说："咱们看看谁的脸上有疼的表情。"

赵一曼笑笑说："你不怕疼我更不怕哟。"

"瘦李子真是了不起，人瘦骨头硬，厉害！"赵尚志诙谐地说。

与赵一曼同在流动医院治病的，还有中共满洲省委特派员韩光。他来珠河帮助赵尚志开展统一战线工作，因受伤入院治疗。一个多月时间的相处，他们成为抗战岁月中交谈甚欢的好战友。

一天傍晚，医院刚刚转移到一个屯子，敌人闻风而动向屯子逼近。只有十几户人家的村庄，掩护不了伤员，被收割后的田地光秃秃一片也藏不了人。时间紧迫，大家焦急得不知如何是好。

突然，赵一曼发现不远处的地里是一大片"大豆铺子"——收割大豆后，留下的豆秆一捆一捆倒在地间。

★ 刊登"红装白马赵一曼"的伪满报纸。

赵一曼立即指挥伤病员全部藏在大豆铺子底下，她和张险焘提枪趴在最前边，担任警戒保护伤员。紧急中的张险焘背了几趟伤员，加之刚才的紧张情绪，趴在地上的他浑身哆嗦，豆铺子也跟着"沙沙"作响。赵一曼镇定地指指前方，低声说，稳住，莫慌。

日寇火烧村庄后，草草搜查了一番，从伤病员藏身的"豆铺子"前面走过。敌人走远后，大家松了口气，纷纷称赞"我们的女政委"，足智多谋骗得鬼子团团转。

赵一曼看着远处大火中的村庄，催促大家说："我们抓紧时间撤离，天亮前赶到安全的地方。总有一天回来，为乡亲们报仇雪恨。"

赵一曼回到游击队，大家都知道她的伤病还未痊愈，就借用房东温喜良家的大粗碗，专为她做了一碗高粱米病号饭。

赵一曼看着高粱米饭，没舍得吃，送给了另一位伤病员，她和大家一起喝大楂子粥。

这个粗瓷碗上有个"福"字，一直被房东温喜良一家珍藏着。解放后，这个碗被送到军事博物馆陈列展出。

新中国成立后，任中纪委常务书记的韩光看了电影《赵一曼》后，激动不已，与赵一曼相处的时光仿佛就是昨日。

韩光把深切的怀念，写进了回忆的文字：

——由于工作关系，我和赵一曼同志经常见面。记得在1934年冬，我受伤，一曼同志生病，因为日伪军正在进行大"扫荡",我们几个伤病员被安排掩藏在乌吉密南山四方顶子西侧一个烧过木炭的窑洞里养伤治病,前后一个月的时间里,我和一曼同志常常摆摆"龙门阵",谈古论今,至今记忆犹新。

一曼同志和大家在一起,从不谈论儿女情长的生活琐事。关于她的儿子宁儿,我还是从她牺牲时留下的遗书中才知道的。

一曼同志最喜欢谈的是历史上的女中豪杰巾帼英雄。她自豪地说:"可见男人能做到的事,女人也能做得到!"

她推崇南宋抗金女将梁红玉和丈夫韩世忠并肩拼杀在疆场,成为著名的抗敌英雄,她赞扬旧民主主义革命家秋瑾的革命英雄主义精神。一曼同志最为称道和尊敬的,是我们党早期妇女运动的领导人向警予同志,讲向警予同志在狱中与敌人进行顽强斗争直到英勇就义的事迹。从她的言谈中,我感到她不是一个普通的女性,是一个胸怀壮志、忠于共产主义事业的革命者,是一位意志坚强、满怀革命豪情的"奇女子"。

为了把东北人民革命军赶尽杀绝,日伪军对珠河地区实行残酷的"归屯并户""集团部落"政策。他们知道抗日武装队伍是依靠农村攻打城市,因此在农村实行抢光、杀光、烧光的"三光"政策,妄图割断革命军同老百姓的联系。在敌人疯狂的扫荡下,哈东地区沦为火海,大火燃烧几天几夜,烧焦了山上的树木。死亡威胁着每一个村庄、每一户人家。

★ 赵一曼用过的"福"碗。

一天深夜，伪军搜山时闯进了赵一曼借宿的村庄。房东大娘让她赶快往村北口方向跑。赵一曼跑到村口突然想起，周伯学还在村东头的老乡家，他眼睛高度近视，夜晚看不清路辨不明方向。于是，转头又跑回村子。

此时，枪声四起，敌人已摸进了村庄。伪军押着几个人迎面走来，看到赵一曼，端起枪呵斥道："干什么的？"

赵一曼站住，冷静地回答道："东头老李家。"然而，她的外地口音将自己暴露无遗，伪军不由分说抓捕了赵一曼。

叛徒告密说赵一曼是妇女会长。面对敌人的刑讯逼供，赵一曼根据当地群众大都是反日会成员的情况，始终说自己只是反日会成员，因丈夫在哈尔滨做工，不堪工头压迫，才随大家入了反日会。敌人搞不清楚赵一曼到底是什么身份，于是将她和另外两个反日会成员带到乌吉密镇，关押在伪团部的临时驻地，看守他们的是伪军张连长。

看到相貌朴实的张连长，赵一曼就与他聊家常。聊天中，她观察到这位张连长虽然穿着伪军制服，但心地善良，是一个有良知的人。

赵一曼用她的南方口音不动声色地说："张连长，你毕竟是中国人，现在要你们反戈抗日，可能难以做到。但我希望，除了在战场上我们刀兵相见、死伤难免外，你们决不可把自己手无寸铁的同胞抓来交给日本人，不能用沾满同胞鲜血的双手去向日本人请功悬赏。为人做事要想着自己是中国人。"

善于在细节处捕捉人心的赵一曼，发现张连长的眼睛看着别处，不敢与自己对视，便加重了语气说："至于对我，要杀要砍，由你连长下令，但我决不死在日本人手里。"

★ 韩光。

张连长看着眼前这个瘦弱的女人，如此深明大义、尽忠竭力，身为男儿的他，惭愧地低下头。思索了片刻后，他也说出了自己的肺腑之言："俺虽是伪军，但到底是中国人，不愿意为日本人卖命。前些日子跟日本人搜山，我连负责四方顶子地区，我已发现赵尚志和小孟（韩光当年的化名）治伤的窑洞，可我命令连队离开了，不许他们在那条山沟里活动。请你转告赵尚志他们，希望你们共产党将来成功的时候，能记得1934年冬天在乌吉密南山区，有过一个你们的朋友张连长就行了。至于押你到这里，也是为你安全考虑，因为日本人的'扫荡'还有20多天。待行动结束后再放你回去，就安全了。"

赵尚志得知赵一曼被捕的消息后，立即与地方组织联系，想方设法营救出了赵一曼。

之后，张连长派人保护赵一曼，暂住在一位爱国商人家里。

韩光路过乌吉密车站准备返回哈尔滨时，赵一曼特意来看望老战友，两人相见格外高兴。赵一曼叮嘱韩光，安心养伤，等痊愈后回部队再见。

在去哈尔滨的火车上，负责护送韩光的交通员说，赵一曼在乌吉密宣传抗日救国，带领同志们冲锋陷阵，群众对她无不充满敬佩之情。张连长尤其敬佩，他说："共产党里真有人才，她讲的道理实在感人，每个有灵魂的中国人都不能不服。"

1935年11月14日，由于特务告密，赵一曼的二团在

★ 东北烈士纪念馆展出赵一曼使用过的物品。

左撇子沟被大批日伪军包围了。

这一场战斗,他们打得异常艰难。赵一曼和团长王惠同带领二团50多名战士,激战一天,连续打退了敌人的七次进攻。战士们伤亡惨重,基本弹尽粮绝,很难坚持继续战斗,必须保存仅有的实力突围。

团长和政委争先让对方撤离,自己负责掩护。王惠同坚决地说:"怎么能让一个女同志留下来打掩护,你带领大家赶紧撤离!"

赵一曼看着王惠同,提高声调说:"生死存亡的关键时刻,还分什么男女!你是本地人熟悉地形,带领战士们突围出去就是胜利。"

"撤吧!"赵一曼不容分辩地挥挥手说。

趁着月色,王惠同带领剩余的十多名战士向西北方向突围。赵一曼带领几名战士掩护。他们冲到了南山顶,找到一块有利地形与敌人周旋。山上的枪声持续了很久。

激战中,赵一曼左手腕中弹负伤。

伤亡惨重的二团,十多人突围后与三团会合作战。团长王惠同突围时身负重伤,不幸被捕,不久被日寇杀害。

负伤的赵一曼和几名战士辗转来到侯林乡的小西北沟,在老乡于大爷家的窝棚里养伤。跟随她的妇女会成员杨桂兰,把自己的衣服撕成布条,为赵一曼包扎了伤口。

六天后,伪百户长、汉奸地主廉江,发现半山腰的小窝棚里有炊烟,立即跑到乌吉密报告了日伪特务米振文。

第二天早晨,冷冷的风盘旋在山谷,太阳久久不肯露面,山间一片寂静萧瑟。

★ 赵一曼被捕地。

★ 赵一曼被捕地公路。

珠河县首席警务指导官远间重太郎，和伪"讨伐"第三中队长张福兴，率日伪军30多人，包围了小西北沟的小窝棚。

战斗中，赵一曼左腿受重伤，她一头栽倒在雪地，昏死过去。

赵一曼被俘后，日伪军从村子里找了架梯子，把她抬下山，用牛车押往珠河县城。16岁的杨桂兰同赵一曼一起被捕。

牛车在泥泞的路上颠簸着，赵一曼的伤口鲜血汩汩地往外流淌，湿透了她的棉裤，也湿透了杨桂兰的棉裤，慢慢变成了绛紫色。寒风中，山冻得颤抖，江水已经僵硬。寒冷，冻透了这个瘦弱的江南女子。杨桂兰紧紧地抱着赵一曼，想以此减轻她的痛苦。

颠簸中，赵一曼时而清醒时而昏迷，只要睁开眼睛，她就对着紧张的杨桂兰，微微一笑。

一曼村，温暖而满怀深情的村名，伫立在岁月的尽头，拥抱春暖和花开，村庄的一草一木都与烈士血脉相连。

现在，全国有两个"一曼村"。一个在英雄的出生地四川省宜宾市翠屏区白花镇，另一个在黑龙江省尚志市的长寿乡。这个最初叫侯林乡的村庄，与赵一曼枪林弹雨的抗战岁月息息相关。她曾在这里带领抗联战士与日寇作战，受伤后又在这里养伤，最后在这里负伤被捕。

2005年赵一曼诞辰一百周年，94岁高龄的韩光老书记接受采访时，深情地说："我深深钦佩一曼同志，在复杂环

★ 尚志市一曼村。

★ 宜宾一曼村。

境中争取团结一切可以团结的人共同抗日的精神,和善于做统战工作的本领。可万万没想到,我们在乌吉密镇的一别,竟成永诀——"

一曼同志再次被捕后,敌人使用各种酷刑摧残她,但她坚贞不屈,毫不动摇。她怒斥敌人:"你们这些强盗可以让整个村庄变成瓦砾,可以把人剁成肉泥,可是你们消灭不了中国共产党人的信仰,消灭不了中国抗日反满、拯救东北人民于水深火热的决心。"

第七章 1936·热血倾国

那一夜，无法猜测赵一曼是怎样度过的。如此热爱生活和生命的柔美女性，应该度过了一个无眠之夜。

谁在守望，遁去的黑夜和无眠的哀思。84年前的那个凌晨，还在沉睡中的哈尔滨，没有人看到从容走向刑场的赵一曼，留给这个美丽的城市，最后的微笑。

1936年8月2日，星期日，晴。

2020年8月2日，星期日，晴。

苍天不老，遥遥相望84年，居然都是晴朗的星期天。

每年的这一天，她就想在赵一曼临刑前最后被囚禁的伪滨江省公署警务厅地下室（今哈尔滨东北烈士纪念馆），那间阴暗的牢房，独自待上一个晚上。

这个夜晚，她或许思绪万千，或许在默诵烈士的遗书，看着天渐渐亮起来。

凌晨，跟随赵一曼被日伪宪兵押上囚车的途经之路，这短短的一公里多路,是烈士在这座浴血奋战的城市,留下的最后的带血的脚步——从伪警务厅门前的长官公署街(今哈尔滨市南岗区民益街)西行右转,沿站前街(今哈尔滨市南岗区红军街),驶向哈尔滨火车站。

火车到达珠河县后,换坐马车,一路高唱《红旗歌》,来到烈士殉国之地小北门外——一篮鲜花、一瓶五粮液、燃一炷心香,颂一段内心的独白,敬祭她灵魂的母亲,赵一曼。

循光影穿越时空,让历史告诉未来。

这条路,她开着车来来回回不知走过多少次,但仅仅就是在路上走,而她的梦想,是感同身受地在那间地下囚室待一夜。

慷慨赴死易,从容就义难。80多年前的这条路,烈士走在生命尽头凝视着前方,前方是希望和胜利。烈士的生命是从一个战场,走向另一个战场。

80年后的这条路,她走的是人生体悟。很想在这条路上与烈士相遇,在时光隧道里哪怕就是一个瞬间,看到赵一曼的一个眼神,永远年轻美丽的母爱眼神,不辜负近百年的时光,在岁月里永恒。

我们的人生最长不过百年,而赵一曼的人生是千秋万代。

暂且称她"虹"吧。行事低调的虹勉强接受采访,虽有约在先,不拍照不出现她的名字,但她会热情地为我提供所需资料,回答我所有的问题。

身材娇柔却行动如风一样敏捷的虹,笑言自己对从事的专业都没有投入如此大的功力。她对赵一曼的热爱、关注与研究，是从年少的 13 岁开始，一直到今天。什么时候生命结束，这件事情才会随之结束。

这些年她搜集整理了与赵一曼相关的史料，细致到烈士的性格爱好、喜怒哀乐，遍访了烈士的亲人、战友、同学、史学研究人员和烈士传记作者，拜谒了哈宜两地的烈士纪念馆和故居。

一位赵一曼史学研究者说："虹对赵一曼的研究，不亚于专业研究人员。"

虹知道，自己的研究倾注了无尽的深情与热爱，是怀着一颗感恩之心，感恩伟大的母爱，感恩有英烈精神相伴的一生，让她有勇气直面人生的苦乐，拼搏中做真正的自己。

每年的 8 月 2 日，烈士牺牲日，这个虹生命中极其重要的日子，不管身在何方，她都要亲自或委托，给烈士纪念馆和殉国地送上鲜花。百合、康乃馨和黑玫瑰组成的花篮，寄托着她对心中敬爱的灵魂母亲，绵延不绝的情思。

虹说，黑玫瑰的颜色，像血，像赵一曼最后抛洒的热血。其实她内心藏着更深的含义，那就像连接她和她的精神的血脉。

献花、敬酒、诉心声的祭奠仪式，始于 1995 年的 8 月 2 日，烈士馆重新布展开馆后，虹迫不及待地踏进纪念馆，拜谒她心中的女神赵一曼。这是花店刚刚兴起的年代，她喜悦地买了一束鲜花，她知道美丽的赵一曼喜欢鲜花。闻到花香，烈士的内心一定也是喜悦的。

对虹来说，一年中还有一个重要的日子，她要送上代表挚爱的 99 朵红玫瑰和 9 朵百合——10 月 25 日，赵一曼的诞辰之日。岁月中一个极其平凡的日子，却是虹充满敬慕的心灵之日。

虹的习惯多年不变，拿到新年台历，首先会看8月2号和10月25号是周几，然后再看自己父母的生日是哪天。

8月2日，这是她心中继往开来的一天。

出生于1970年的虹，是土生土长的哈尔滨人，而立之年工作变动到了北京，现在的事业风生水起。

年少的上学之路，深刻在虹的记忆中。去学校途经那座白色的欧式建筑，始终紧闭的大门，从未打开的白色窗纱，给虹无限的神秘感，她知道这是东北烈士纪念馆，但从未踏进一步。

第一次踏入这个神圣的纪念馆，是父母领着她和妹妹去的。参观时，馆内庄严的气氛，让小小年龄的虹大气都不敢喘，扑通乱跳的心，仿佛用双手按住才能平静。少女不知道该用什么样的方式来表达自己的敬意。

第一次看到赵一曼模糊的照片，是虹13岁的时候。13岁少女的心敏感又不安，还未形成的世界观，让成长充满了烦恼。但在看到烈士照片的那一刻，她被震慑心魄。优雅知性的赵一曼，那双秀美的眼睛，让少女的目光无法移开。懵懂中的虹发现，烈士如此的美丽，美丽被浸染着鲜血，鲜血为祖国抛洒。虹想起了课本上讲的英雄情节。此刻，这种情节就在自己心中萌发。

多年后，当虹理解"偶像"这个词时，忽然明白自己第一眼看到赵一曼的照片，内心的震颤就是看见了偶像，自己一生崇拜的唯一偶像。

虹说:"13岁的世界观还未形成,实际上是赵一曼塑造了我,她是我一生追求的'星'。我的字典里,崇拜只给一个人——赵一曼。"

怀揣着作家梦想的虹,从小喜欢读各种书籍,即使是一本地图册都看得津津有味。一天,她从邻居家看到一本红小兵杂志,读到了简短的赵一曼的故事。从此,这个名字留在了虹的心里。

不久母亲出差北京,参观军事博物馆时,给爱读书的女儿带回来几本厚薄不一的解说词。在那个课外读物不丰富的年代,这就是学生眼中的书,何况来自首都。

如获至宝的虹,几天时间就看完了,然后一遍一遍地反复看。这些册子基本就是中共党史英烈谱,虹的初衷并不是为了学习党史,但不知不觉中她开始喜欢党史读物。即使现在,看到著名英烈的照片,她能如数家珍告诉你,发生的历史事件和人物的生辰及故事。

虹学生时代的零钱,全部用于买书。刚上初中的她,买了一本中共党史,躲过所有的目光悄悄阅读。她说自己通读党史,包括了解东北抗联战史,都与自己的偶像赵一曼有关。

军博的册子中,有一本图文并茂介绍了赵一曼。这就是虹第一次看到赵一曼的照片。尽管因为反复翻拍,照片特别模糊,但虹很激动,因为她有了自己生平第一次崇拜的偶像。赵一曼美丽优雅的形象,颠覆了虹心中叱咤风云的女英雄,斜挎着枪,高挥着手,齐耳的短发随风飘,辨不清性别的那种形象。

上了初中的虹,绝对是同学中的焦点人物,她能滔滔不绝地给同学们讲赵一曼，讲抗联的战斗故事。全班同学都知道，赵一曼是虹崇拜的偶像。

一次，同学的哥哥在市中心的报刊小卖部，看到《读者文摘》刊登了日本战犯大野泰治供述对赵一曼实施酷刑的文章。那位高中生兄长毫不犹豫地买下杂志，送给了虹。现在，虹说起这位兄长，依然充满感激之情。

大野泰治的供词，戳痛了虹柔软的内心，折磨了她许多年。

2004年8月2日，从未写过诗的虹，给赵一曼献上了她的处女作《祭日·继日》。

> 第一次远离你，在这一天。无眠的黎明，凭栏翘望苍穹。彤云漫天，重霄尽染。那是你生命的华彩，映红了天地。从那一刻起，直到永远……
>
> 死死生生，寻寻觅觅……那日尘封的史册，惊现战犯的自白。血染的一幕，讲你为光复河山，在地狱中蹈火……
>
> 天地将倾、肝肠已断……恍惚中，只祈望，这一切，都不是真的。刽子手，不是人。可你，是人啊！魔鬼的行为，人，如何承受？！
>
> 这，就是爱你的理由。
>
> 山高路远，从不敢踟蹰；雨冷风凄，也难说惆怅。算而今，京都虽梦圆，去路仍迢迢。因为承诺，纵前途有荆棘密布，是漫道雄关，但没有退路。

遥拜东方，云霞尽处，朝阳正红，那里有你。澎湃的热血，激涌着心涛阵阵。远隔千里，你也一定能听到我在对你说："我正在努力。"

1935年11月22日傍晚，远间重太郎用马车把赵一曼拉到珠河县公署院内，交给了他的上司大野泰治说："这个女人流血过多，请快些审问吧，免得她死了。"

失血过多的赵一曼，让在场的日本人感到，她的生命危在旦夕。

大野泰治看到这个头发散乱、脸色苍白的女人，大腿的裤管灌满了血，还在不断往外渗。担心她马上死掉，得不到口供和情报，急忙走到她的身旁，叫喊道："起来！"

赵一曼从容地抬起头来，目光镇静凌厉。看见这张令人望而生畏的面孔，大野泰治情不自禁地倒退了两三步。

她的凛然正气和儒雅风骨，让从军多年的大野泰治意识到，眼前这个伤势很重，濒临死亡的女人，一定是东北抗日联军的一个重要人物。

为了及时得到口供，大野泰治不顾赵一曼危重的伤势，连夜对她进行了严酷拷打和人格污辱。他临时找来一个医生命令道："你必须想办法让这个女人多活几天，我要押解她回哈尔滨。"

检查了赵一曼伤势的医生，无奈地一连注射了两针樟脑液。夜间审讯时，又注射了三针。

敌人残暴的用鞭子抽打她的伤手，抽打到皮开肉绽。用鞭杆狠狠戳她腿上化脓的伤口，一下又一下慢慢地狠狠地戳下去，以此逼迫赵一曼开口供认共产党员的身份，和赵尚志抗联队伍的情况。

酷刑下气息奄奄的赵一曼，隐忍着没有叫喊一声。她坦然处之的态度，让大野泰治愤怒又失望。

每一次审讯，赵一曼都坚定的回答："关于抗日联军的事，我不知道。我和共产党没有关系，也没有什么共党身份，强迫一个人说自己不知道的事情，未免太蛮横了吧？你说我是共产党员，你把证据拿出来！"

"你们不用多问了，我的主义就是抗日，正如你们的职责是以破坏抗日、逮捕我们为目的一样。我有我的目的，进行反满抗日并宣传其主义，就是我的目的，我的主义，我的信念。"

大野泰治用皮鞋踢赵一曼的腹部、乳房和脸，恶狠狠地问道："为什么进行抗日活动？"

心生怒火的赵一曼，用仇恨的目光看着大野泰治，拼尽自己的气力，高声说道："我是中国人，中国人民反抗日本侵略还用得着解释吗！日本军侵略中国以来的行动，不是几句话所能道尽的。如果你是中国人，对于日军目前在珠河县的行动将怎样想呢？我们中国人除了抗战外，别无出路。"

赵一曼又对"日满亲善""王道乐土"等欺骗宣传以及日本侵略者的罪行，进行了痛快淋漓的揭露和驳斥，把敌人对她的审讯，变成了对日本侵略者的控诉和审判。

审讯持续了两个多小时，敌人任何情报都没得到，恼羞成怒的大野泰治没想到，这个重伤的女人，如此强硬，如此爱国。他指使下属，继续用马鞭抽打赵一曼的伤口，用竹签

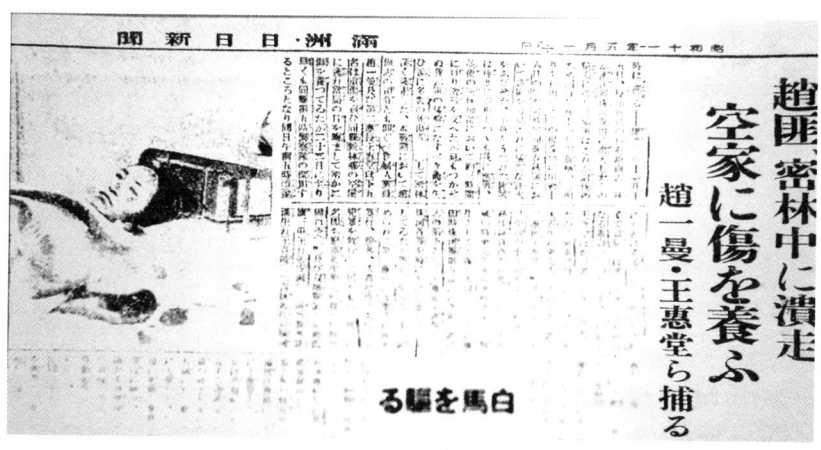

★《满洲日日新闻》报道赵一曼被捕消息。

扎她的十指。

狡猾的大野泰治,从赵一曼的谈话内容和从容的态度,感觉到这是一个接受过高等教育,可以把珠河县三万多农民坚固地组织起来的中心指导者。他对远间警佐说:"你捉到了一个了不起的人。"

大野泰治为抓到这样一个人物,从内心感到很庆幸。

赵一曼为了救出杨桂兰,在被押往哈尔滨之前,强烈要求释放杨桂兰,否则宁可死也不跟他们走。杨桂兰在被关押28天后,获释回家。

5天后,敌人把赵一曼押解到哈尔滨,关押在伪滨江省警务厅地下室看守所(今哈尔滨铁路第二中学的地下室)。赵一曼拖着伤腿,把与日伪军斗争的战场转移到了医院和监狱。

大野泰治对伤势日益严重的赵一曼每天刑讯逼供。她一次次被折磨得昏死过去,再一次次被冷水浇醒,敌人仍然一无所获。敌人开始变换手段,妄想用假仁慈来感化赵一曼,给她端来丰盛的饭菜和糖果。谁料赵一曼看都不看一眼,冷笑着戳穿了敌人的阴谋。

感觉伤了日本帝国军人自尊的大野泰治,对赵一曼恨之入骨,使用了电刑。他第一次听到这个坚强的女人,在惨无人道的电刑中,忍不住开口喊叫了几声。

今天,我们从查到的档案记录中可以看到,当时惨不忍睹的审讯场面十分血腥,字里行间都浸透着血泪……但是,任何手段都无法摧垮一位共产党人的人格尊严与坚强意志——

酷刑之下,赵一曼伤口溃烂,生命垂危。由于日本特务机关认为她在共产党和抗日队伍里占有"重要地位",梦

★ 刑讯赵一曼烈士的伪滨江省警务厅特务科外事股长大野泰治。

想从她身上打开缺口，进而摧毁我党在北满的组织，消灭抗联第三军。毒辣狡猾的日寇担心她若死去，会损失重要口供，为了有所获取，决定给她治伤。幻想治愈好赵一曼后，将她当作破坏抗日组织的"反间"来发挥作用。

12月的哈尔滨天寒地冻，狂雪飞舞，冰城被白雪覆盖。奄奄一息的赵一曼，被日伪警察以"王氏"的假名，押送进哈尔滨市立医院抢救，由南岗警察署的3名警察24小时轮流监视看守。

负责治疗赵一曼的是张柏岩医生。经检查，失血过多的赵一曼，全身三处枪伤，左手腕的贯通伤，时间月余已基本愈合。左大腿和膝盖，粉碎性骨折，在X光片中看到软组织中有24块碎骨。白俄医生看后，建议必须锯掉左腿才能保住性命。敌人决定给她做截肢手术。但遭到赵一曼的坚决反对，自己宁可被杀，也决不锯掉大腿。

赵一曼面对日寇非人磨难和伤痛折磨不屈不挠的精神，让张柏岩十分钦佩。他决心精心医治，保全赵一曼的左腿。

赵一曼伤势刚有好转，敌人就开始审讯。每提审一次都要毒打一次，愈合的伤口又被撕裂，张柏岩愤怒地向日本人提出抗议。

四个多月后，哈尔滨满城的花蕾含苞待放，争奇斗艳的春天，姗姗走来。

经过张柏岩的精心医治，赵一曼的伤势逐渐好转，能拄着拐棍慢慢地散步走动。她心中燃起新的希望，开始加紧锻炼自己的左腿，想要尽快恢复。

此时的敌人，紧锣密鼓地展开对赵一曼的各种劝降工

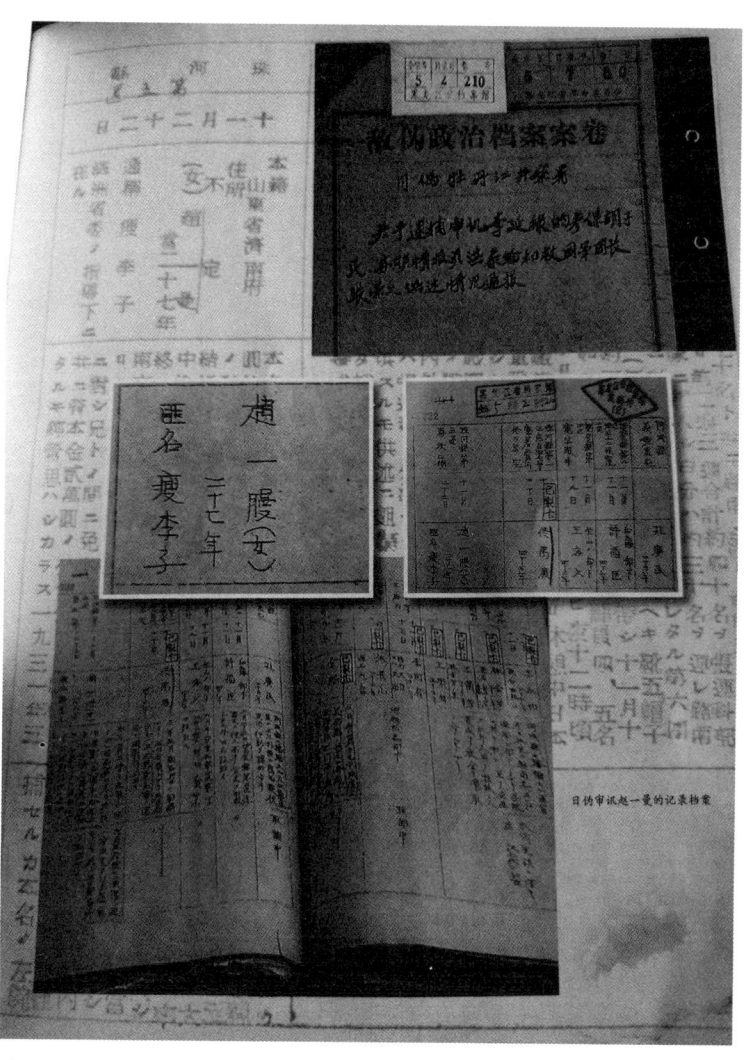

★ 日伪审讯赵一曼的记录档案。

作。他们以侵略者的思维方式认为,30岁的美丽女子,没有不珍惜生命的,何况他们给她治好了伤腿。日本特务机关不时派人来"慰问",诱导她说:"你才30多岁,是个女中人才,死了多可惜,我们不仅给你治好伤,还要帮助你实现远大前程。"

阴险毒辣的敌人没有料到,迎面而来的,是赵一曼的横眉冷对和严词痛斥。

大野泰治无法理解,这个瘦弱伤病的女人身上所充满的神奇力量。

那天,北京电闪雷鸣,大雨滂沱。老天仿佛是来应景虹灰暗阵痛的心情。

虹说她在网上看到一篇关于赵一曼的文章,其中描写受酷刑时,对女性身体部位刻意的着墨,是她所掌握的史料中没有记载过的。暴露的描述让她深受刺激,甚至都有点儿恍惚了。赵一曼对她而言,如同母亲在她心中的位置,甚至在某种程度上超越了母亲。虽然看的是文字,却让她心如刀割。她要维护这个世界上她最爱的人。虹向有关方面的研究专家咨询、求证,文章中如此暴露的细节描述,是否记载在史料的某个角落中?

虹不想看到著述英烈人物因掺杂各种因素,导致随心所欲地无据扩写或抹黑历史的极度不严谨的态度。民族英雄赵一曼血写的事实,不需要虚构的粉饰,她的壮丽史实流芳千古。

"这一生,我努力像她一样不虚度人生,努力做一个有

★ 为赵一曼治伤的医生张柏岩。

★ 陈红(左二)与张柏岩医生子女。

家国情怀的女人"。虹的眼睛里闪着泪光。

如果没有遇见你，我将会是在哪里，日子过得怎么样，人生是否要珍惜——歌声表达了虹的深情诉说。在北京工作生活近 20 年，已将退休后的父母接来与自己同住，顾复之恩冬温夏清。

虹目光自信地说："我精神和意志的支撑，来源于灵魂母亲赵一曼，是她塑造了我。如果没有 13 岁的相遇，我的世界观发生不了巨大变化，心中就没有明确的诗和远方，理想或许就成为实现不了的梦境。安分守己地在家门口，做着没有挑战，没有探索，没有多少烦恼的事情。那是一个陌生的我，我不喜欢墨守成规的生活。"

虹博客的题图，是赵一曼的照片，博文几乎都是写给赵一曼的怀念诗文和图片。

虹低声说，不爱哭的我，为什么每次在烈士的殉国地墓碑前，都会泪流满面呢？

那一刻，平日无法诉说、不愿示人的焦虑和苦楚，在她的面前，就像孩子看见母亲，伸出了拥抱的双臂，心中的委屈，可期的未来，全变成了眼泪。

但是，虹知道赵一曼喜欢坚强、蓬勃和昂扬的人。她在怀念的诗文中写道：

> 那一个朝阳似血的日子，
> 您告诉我，
> 生命，应当是这样的……

宁儿呀：

母亲对于你没有能尽到教育的责任，实在是遗憾的事情。

母亲因为坚决地做了反满抗日的斗争，今天已经到了牺牲的前夕了。

母亲和你在生前是永久没有再见的机会了，希望你，宁儿啊！赶快成人，来安慰你地下的母亲！我最亲爱的孩子啊！

在你长大成人之后，希望不要忘记你的母亲是为国而牺牲的！

母亲不用千言万语来教育你，就用实行来教育你。

在你长大成人之后，希望不要忘记你的母亲是为国而牺牲的！

一九三六年八月二日

你的母亲赵一曼于车中

宁儿：

母亲对于你没有能尽到教育的责任，

母亲到东北来找职业，今天……

母亲的死不是……可惜的是我的孩子没有能给我……后我的孩子要替代母亲继续斗争，自己壮大成人，来安慰九泉之下的母亲！

我的父亲到东北来在东北共……

我的孩子呵！

母亲也没有可说的话了，我的孩子好好地学习，就是母亲至死后的万万心怀！

一九三六年八月二日

在临死前的你的母亲

★ 黑龙江省档案馆展出的赵一曼遗书。

六十七载,时光荏苒。
江山回归,强虏灰飞烟灭……
重又迈入这庄严的殿堂,
来赴我们神圣的约会。
尊敬的导师——我灵魂的母亲,
别来无恙?

感谢上苍,
生命中能有您!
风雨兼程的时候,
或许,我不会时时想起您。
但每当我仰视悠远的蓝天,
却感到,您凝注在我身上的目光,
布满了整个天空……

百年一个轮回。
我常想您是那火中的凤凰,
把美丽的生命,
献给祖国。
我常想起涅槃的传说,
愿我蓬勃的生命,
是您伟大灵魂的再生。
热血的交融,
应当构筑壮美的人生。
让凤凰涅槃不再只是动人的传说,

那么，奋斗永恒！

6月的哈尔滨，满城飘荡着丁香花的气息，这座美丽的城市，被侵略的狼烟与伤痕，暂时掩映在丁香花的香艳中。

赵一曼病房的丁香花，是17岁的见习护士韩勇义放在她床头的。

躺在病床上的赵一曼，微笑地看着韩勇义给自己打针换药。她们已经熟悉起来了，没人的时候，韩勇义称她"赵大姐"。女人和女人交流起来，很容易建立信赖感，甚至是有些亲密的友谊。

赵一曼轻声问韩勇义："你是哪国人？"

17岁的少女不知何意，说："满洲国人呀。"

赵一曼微笑依旧，亲切地说："你不是满洲国人，你是中国人，日本人侵犯我们，我们要把侵略者赶出中国。"

韩勇义看着赵一曼，柔弱却勇敢，她有些感动，使劲点了点头。随后，赵一曼又亲切地问她："生活和工作怎么样？"韩勇义一阵心酸，诉说了自己父亲早逝，恋爱受挫，现在是不拿薪水的见习护士，分派给她的都是脏活和累活，在这里受尽了委屈。

此后的每一天，只要病房没有别人，她俩都要聊天交谈。

赵一曼告诉韩勇义，父亲给自己起的名字叫坤泰。"坤"意为土地，厚德载物。"泰"为安宁、祥和之意。这两个字的寓意，深蕴着美好。祖国的河山，决不能让侵略者恣意践踏和掠夺。她要对得起父亲所起的名字，为了脚下的土地"坤泰"，也要与日寇血战到底。

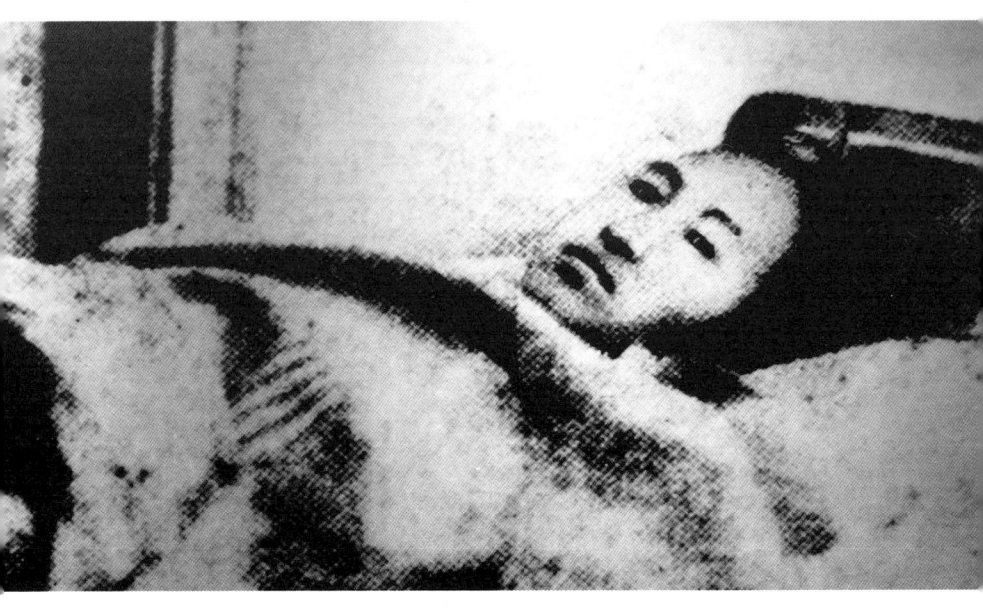

★ 身负重伤躺在病床上的赵一曼。

赵一曼给韩勇义讲述了很多生动有趣的战斗故事。

她讲女兵在抗日队伍中的生活，有艰苦的斗争，也有侠骨柔肠的爱情。赵一曼那双柔美的眼睛，微笑地看着韩勇义。韩勇义从这双眼睛里看到了自己向往的生活和未来。

单纯的韩勇义问道："等共产主义实现了，我这样的人，会是什么地位呢？"

"小韩护士，等你到了山区，你的眼睛和你的心，就告诉你答案了。"赵一曼声音柔和地说。

"为了实现这个主义，必须去山区。所有的疑问，在赵尚志那里都有答案。"赵一曼说话的声音依然轻柔，但很坚定。

完全信赖赵一曼的韩勇义，卖掉了自己的戒指和镯子，两件大衣还有其他衣服，拿到了60元钱，做好了随时出逃的准备。

此前，赵一曼已经做通了年轻看守董宪勋的工作，仅仅用了20天的时间。

赵一曼是一个思路清晰有条理的人，她善于观察、分析和表达，能敏锐捕捉对方心理，知道哪些人是可以争取的。她富有感染力的声音，和讲话丝丝入扣的亲和力，春风化雨，很容易让接触她的人产生信任感。

枪伤好转后，赵一曼最大的愿望就是回到游击战区。通过观察分析她发现，三个看守中，年龄大的两人比较油滑。她从年轻看守董宪勋的眼睛里，看到了善良和同情。抓住机会，赵一曼使用很巧妙的方法，开始做他的工作。

躺在病床上的赵一曼，主动和他攀谈，声音很亲切：

★ 护士韩勇义。

"董警士,你们每个月多少薪俸呢?"

董宪勋有些腼腆地说:"只有十几块钱,不多。"

赵一曼轻声笑了笑,深表遗憾地说:"真是少得可怜啊。董警士你这一点薪俸,就为日本人做事,心里一定不好受吧?"

董宪勋听后有些羞愧和慌乱,惴惴地说:"是,是生活所迫。"

27岁的年轻人,读过几年书,从山东老家闯关东来到哈尔滨,入职警局时间不长。看管赵一曼的负责人千叶警官要求他们,看守这名重要的"女思想犯",不许与她讲话,监视与她接触的所有人。

"堂堂男儿,为这一点儿钱,甘愿低头被日本人奴役,欺辱自己的同胞,这还是有良知的中国人吗?"赵一曼的声音不高,眼睛盯着董宪勋说。

董宪勋更加羞愧地低下了头,慌乱的眼睛不知该看向何处。

赵一曼坦率地向董宪勋讲了自己的身世和经历。

只要董宪勋值守夜班,赵一曼就给他讲赵尚志领导的抗联和日本人的战斗故事,讲小兴安岭山区奇秀的风光和祖国大好的山河。

赵一曼用风趣生动的文学语言,把日军侵略东北的罪行,和反满抗日的激烈故事,写在包药的纸片上,似不经意地给董宪勋看。

青年警士以为这是赵一曼自己记录的资料。看了这些纸片后,他心里就像闯进个小兔子,对共产党的"山区生活"

★ 没有留下照片的董宪勋。

十分向往。他愿意尽自己的绵薄之力,帮助赵一曼逃离虎口,跟随她去山上过那种激烈的生活。

细密谨慎的赵一曼,分别与董宪勋和韩勇义,建立了这种既秘密又危险的关系,直到时机成熟,才将两个人正式地介绍给对方。

韩勇义和董宪勋激动地握了握手,两颗年轻的心,升腾起崇高的使命感。

三人商定,由董宪勋负责安排出逃路线,韩勇义负责筹措经费。

然而,看不见的危机,也在他们一步之遥的地方,狰狞,而不动声色。

6月28日夜晚,电闪雷鸣。

凌厉的大雨,为赵一曼的出逃既做了良好的掩护,也增添了无限的艰难。

这天夜里,董宪勋和他的叔父董广政,将赵一曼抬出医院的后门。

早已雇好的出租车在后门等候。白俄司机在他们上车后,一脚油门,立刻开车。白俄司机开车很快,为了赚钱,他只想抓紧时间多拉客人。

出租车到文庙屠宰场后,他们下了车。早就等候的韩勇义,雇好了一顶轿子。她扶着赵一曼上了轿,匆忙向宾县方向赶去。雨中行路非常吃力,泥泞的道路不是泥坑就是水洼。他们艰难地走到阿什河边时,万缘桥已被大水冲断。风雨中的他们,只好抬着轿子蹚过河水,连夜赶到了阿城县金家窝堡,在董宪勋的叔叔董元策家躲藏了一天。

南岗警察署发现赵一曼逃走后，判断腿伤未愈的她，必然要乘车出逃。于是开始调查所有的出城车辆，很快找到白俄司机得到了线索，接着就从轿铺掌柜那里得知，他们抬着赵一曼去往荒山嘴子附近。

松本英雄和千叶警官带领一队人马，立即乘车去追。

为了尽快送走赵一曼，董元策找到同村赶马车的魏玉恒，他们有着彼此信任的交情。

董元策是一个有正义感和爱国心、从山东逃荒来的贫苦农民。知道赵一曼的身份后，他找到魏玉恒说："我有个病人，你给送到萋克图，要多少钱啥条件的，都可以。"

得知伤员是抗联队伍的战士后，曾赶车给赵尚志送过粮食的魏玉恒，二话不说，套上马车趁着夜色动身。

天快亮时，他们走到了一个叫李家屯的村子，这里距离抗日游击区只有20多里地。

希望就在前方，韩勇义和董宪勋的脸上绽放出欣慰和向往的笑容。

然而就在此时，追捕他们的日本宪兵出现了，荷枪实弹，气势汹汹地扑向了马车。

危急时刻，赵一曼急切地对董宪勋和韩勇义说："你们就说是谈恋爱，是逃婚出来的，我带你俩去结婚。其他的什么都不知道，都不要说，所有的事都推到我身上。"

《伪滨江省警务厅关于赵一曼的情况报告》，以及伪南岗警察署司法警士松本英雄、伪哈市警察局特务科翻译周质彬等人，都曾介绍了赵一曼从市立医院逃走、被捕和被

★ 赵一曼逃跑时坐的马车和阿什河万缘石桥。

害的重要情况。

赵一曼、韩勇义、董宪勋、董广政被押回了哈尔滨，关押在伪警察厅的地下室。这一次，日寇对赵一曼实施了更为残酷的刑法，和非人的摧残。

受赵一曼的影响，韩勇义等三人面对敌人的刑讯逼供，表现得坚强勇敢。董广政被拷打后，没有找到证据，不久便被释放。董宪勋却因受刑过重，惨死在狱中。韩勇义关押一年多后，被日伪判刑四个月。遍体鳞伤的她，身心受到了严重摧残，在新中国诞生前夕，病逝于哈尔滨，年仅29岁。

日伪在一份报告中曾写道："赵一曼策划逃跑的例子可以证明，赵一曼的宣传是巧妙的，她的感化力量是如何的强大。"

赵一曼的出逃，被认为是伪滨江省警务厅的无能，帝国警官颜面扫地。对再次审讯赵一曼，他们疯狂到了极点。派出日本大特务"中国通"林宽重警佐和警务厅特务科共同刑讯。

然而，泰然自若的赵一曼，还是让对女人不屑一顾的林宽重警佐，遭受重挫。

敌人用烧红的烙铁烙赵一曼，用辣椒水和掺了小米的汽油，往她的嘴和鼻孔里灌，灌进去的是小米，喷出来的是黄豆粒大的血珠。本来就有肺病的赵一曼大口吐血，昏死过去。

日伪特务多次使用电刑，企图摧毁赵一曼的精神和意志。轮番上阵的几十种灭绝人性的刑罚，折磨得赵一曼死去活来，敌人仍然没有得到任何口供。

★ 赶马车帮助赵一曼出逃的魏玉恒。

不甘心没有结果的林宽重警佐,看着浑身是血的赵一曼镇定自若,一字一句地对他说:"你们消灭不了共产党人的信仰,无法打败中国人民抗日的决心。"

这位资深警佐的内心,有些崩溃。

林宽重警佐不得不承认,自己没有审出丝毫结果。他满腔仇恨地看着眼前这个奄奄一息的中国女人,不禁感叹道:"真是一个有尊严的共产党人。"

如今,尘封了 84 年的两册档案,完好地保存在公安局,记载着 1936 年 8 月 2 日,赵一曼被日寇杀害的全部过程。

档案中特别提到,赵一曼在赴刑场的火车上,要来纸和笔,给她的儿子宁儿写了封遗书。因为档案材料全部是日文记载,所以遗书是被译成日文之后,附在了该材料的末尾。

伪滨江省公署警务厅长涩谷三郎,批准了警务科将赵一曼处以死刑的报告。决定将她押回曾经战斗过的珠河县,杀一儆百,"示众"执行死刑。

1936 年 8 月 2 日,哈尔滨凌晨的天空,像涂了一抹闪亮的朱红色。照耀世间万物的太阳,藏在天宇的深处,沉默无言。

万籁俱寂中,赵一曼被日伪军从哈尔滨押上开往珠河的火车。

赵一曼知道此行赴死,依然从容不迫。她用手拢了拢沾满血迹的散乱的头发,用舌头舔了舔干裂的嘴唇,眼睛里是平静的微笑。

到达珠河后,日本宪兵队把赵一曼绑在马车上,赶着

★ 日伪报纸报道赵一曼被捕。

老百姓出来围观,以此威慑赵尚志的抗日联军,和爱国反日群众。

最后,一路摇晃的马车,来到县城小北门外的刑场上,日本宪兵将罪恶的子弹射向了赵一曼。

民众的旗,血红的旗,收殓着战士的尸体。尸体还没有僵硬,鲜血已染红了旗帜。

高高举起呀!血红旗帜,誓不战胜终不放手。畏缩者你滚就滚你的,惟我们决死亦守此……

珠河的天空,至今回荡着赵一曼被"示众"的那一天,拼尽最后的气力,一路悲壮激昂高唱的《红旗歌》。

向死而生,用生命直面死亡的逼近,用生命高歌未来的光明。

生命的最后时刻,赵一曼柔软的心底,涌起深情的思念和无尽的牵挂。

南望遥远的故乡,久无音信的家人,就让自己带着绵绵的思念在心中挥手道别。

分别八年的丈夫,今在何方是否安泰?今生夫妻情意深,何惧风雨和天涯。

寄养在堂兄家的宁儿,一别六年,音信全无。亲爱的儿子,母亲唯愿你平安幸福地长大成人。此刻魂牵梦绕的思念,像一把尖刀插进母亲滴血的心。

这一别,天上人间,永世不得相见。我年幼的宝贝,母亲该给你留下些什么呢?

★ 赵一曼烈士牺牲地。

赵一曼向伪军要来了纸和笔，在奔驰的火车上，给自己难舍的心头肉——宁儿，写下遗书：

宁儿：
　　母亲对于你没有能尽到教育的责任，实在是遗憾的事情。
　　母亲因为坚决地做了反满抗日的斗争，今天已经到了牺牲的前夕了。
　　母亲和你在生前是永久没有再见的机会了，希望你，宁儿啊，赶快成人，来安慰你地下的母亲！我最亲爱的孩子啊！母亲不用千言万语来教育你，就用实行来教育你。
　　在你长大成人之后，希望不要忘记你的母亲是为国而牺牲的！

　　　　　　　　　　一九三六年八月二日
　　　　　　　　　你的母亲赵一曼于车中

圣洁的母爱，在生死离别的这一刻，难以割舍。纵使千言和万语，也难以倾诉一个母亲对儿子千回百转的牵念。略加思索的赵一曼，想到自己编造的口供，又提笔给儿子写下这样的文字：

亲爱的我的可怜的孩子：
　　母亲到东北来找职业，今天这样不幸的最后，谁又能知道呢？

母亲死不足惜，可怜的是我的孩子，没有能给我担任教养的人。母亲死后，我的孩子要替代母亲继续斗争，自己壮大成人，来安慰九泉之下的母亲！你的父亲到东北来死在东北，母亲也步着他的后尘。我的孩子，亲爱的可怜的我的孩子啊！

母亲也没有可说的话了。我的孩子自己好好学习，就是母亲最后的一线希望。

一九三六年八月二日
在临死前的你的母亲

世界上有一种真正的英雄主义，就是在认清生活的真相后，依然热爱生活。

赵一曼平静的淡淡的微笑，使黑夜奔逃，将黑暗驱散。

四川宜宾的一曼公园，依山而建，气势庞大。赵一曼古铜色的雕像，气冲云霄。

层林叠翠的幽静中，一群学习滑轮的少年，在嬉笑打闹中，快乐地滑来滑去。"她是谁？"我指着雕像问道。

"赵一曼奶奶。"孩子们异口同声地回答。

"她是干什么的，知道吗？"

"当然知道，赵一曼是抗日民族英雄。"孩子们争先恐后地回答。

★ 宜宾一曼公园。

誓志为人不为家，涉江渡海走天涯。
男儿岂是全都好，女子缘何分外差？
未惜头颅新故国，甘将热血沃中华。
白山黑水除敌寇，笑看旌旗红似花。

孩子们诵读赵一曼的《滨江述怀》。清脆的童声惊起林中的鸟儿，欢快地飞向高远的天空。

图书在版编目（CIP）数据

赵一曼：看天下宁儿幸福生活 / 张春燕著. —北京：中国青年出版社，2022.8（2025.9重印）

（人民英雄：国家记忆文库）

ISBN 978-7-5153-6694-4

Ⅰ.①赵⋯　Ⅱ.①张⋯　Ⅲ.①纪实文学－中国－当代　Ⅳ.①I25

中国版本图书馆CIP数据核字（2022）第115742号

赵一曼：看天下宁儿幸福生活

作　　者：张春燕
责任编辑：曾玉立
书籍设计：瞿中华
出版发行：中国青年出版社
社　　址：北京市东城区东四十二条21号
网　　址：www.cyp.com.cn
编辑中心：010-57350401
营销中心：010-57350370
经　　销：新华书店
印　　刷：三河市君旺印务有限公司
规　　格：880mm×1230mm　1/32
印　　张：7.75
字　　数：150千字
版　　次：2022年8月北京第1版
印　　次：2025年9月河北第2次印刷
定　　价：30.00元

本图书如有印装质量问题，请凭购书发票与质检部联系调换。联系电话：010-57350337